PIERRE BOHEMIEN · LABYRINTH

Das Buch

»Nur im Geschriebenen findet man die Möglichkeit, einen zerbrechlichen Gedanken zu untersuchen, ohne dass er zerplatzt, oder eine explosive Idee zu erforschen, ohne befürchten zu müssen, dass sie detoniert. Etwas Geschriebenes ist eine der wenigen Zufluchtsstätten, die dem Geist Privatsphäre und Herausforderung zugleich bieten« – so erklärt der Lyriker und Poet Pierre Bohemien dem Igel im Wald sein Bedürfnis zu schreiben.

Mit seinen Balladen, Romanzen, Fabeln und Erzählungen versteht es der Autor, vor dem Betrachter die Mannigfaltigkeit und den Reichtum menschlichen Empfindens auszubreiten.

Sein Werk, bestehend aus einzelnen Lebenssituationen und Amüsements, erschließt sich uns bei näherer Betrachtung als Potpurri hintergründiger Ideen, tiefsinniger Pointen und einzelner Momente voller Frische, Schlichtheit, Wahrheit und Melancholie.

Der Autor

Pierre Bohemien, geboren 1966 in Teplitz, ist im Managementbereich der Informationstechnologie tätig. Trotz des beruflichen Engagements und der Erfolge als Projektmanager schuf er Raum für seine schriftstellerische Passion.

Pierre Bohemien

LABYRINTH

Gedichte und Kurzgeschichten

© 2001 Pierre Bohemien
Satz und Layout: Kay Fretwurst, Spreeau
Herstellung: Books on Demand, Norderstedt
Printed in Germany · ISBN 3-8311-2056-0

INHALT

GESCHICHTEN

PROLOG
Private Denkwürdigkeiten – oder:
Der eigenwillige Versuch, seine Memoiren zu schreiben

Es fragt sich der ratlose, unerfahrene und naive Schreiber zu Recht: Wie soll ich beginnen? Kopf, Herz und sonstige Organe, die mit Gefühlen in Verbindung gebracht werden, sind voller Gedanken, Wahrnehmungen und Impressionen, die nur darauf warten, mittels Tinte auf jenes jungfräulich weisse Papier zu fließen, das sich der Verseschmied auf dem Schreibtisch feierlich zurecht gelegt hat. Eitelkeit, Neugier und Forschergeist streiten sich als Voyeure um die raren Plätze auf seiner schmalen Schulter, in gespannter Erwartung der Ergebnisse, die das Aufarbeiten der eigenen Lebensgeschichte – oder auch nur einzelner Aphorismen – zu Tage fördern könnten.

Doch wie, zum Teufel, schreibt man seine Memoiren? Ihre Art und Beschaffenheit hängt wohl größtenteils davon ab, für welche Leserschaft sie letztendlich bestimmt sind. Je größer der Personenkreis, desto vordergründiger wird nach dem Motto verfahren: Wer glaubt, man kann die Vergangenheit nicht verändern, der hat meine Autobiographie noch nicht gelesen. Frage nach beim Kanzler der deutschen Einheit.

Gut, zunächst ist also die Frage zu klären, für welchen Personenkreis das Nachfolgende bestimmt ist. Die Antwort darauf scheint einfach zu sein: Für den Autor selbst. Er betrachtet die Niederschrift seiner Lebensgeschichte in erster Linie als eine preiswerte Mischung aus Beichtstuhl, Psychiater und Sandsack, Boxhandschuhe inbegriffen. Es ist für ihn eine prickelnde Möglichkeit, endlich einmal das ausdrücken zu können, was er schon immer einmal aus sich heraus lassen wollte. Einmal zu Papier gebracht, kann er sich an seinem Werk immer wieder aufs Neue ergötzen – er freut sich diebisch und fühlt sich wie ein kleiner Junge, der auf dem Jahrmarkt, sooft er will, kostenlos Achterbahn fahren darf.

Aber – und jetzt wird es dann doch kompliziert: Was ist, wenn es jemand Anderes zu Gesicht bekommt? Man macht sich ja über alles

Mögliche seine Gedanken, spricht es nur aus gutem Grund nicht aus – die Sorge um die eigene Sicherheit wird sehr schnell präsent. Als geschriebenes Wort würden all diese Delikatessen ihre Wirkung nur noch verstärken. Und ohne dessen richtig gewahr zu werden, sieht sich die nach dem literarischen Kraftakt durchaus erleichterte Seele des Schreibers plötzlich wieder mit neuen Problemen konfrontiert, die in manchen unversöhnlichen Fällen nicht einmal eine approximative Schadensbegrenzung zulassen würden. Als Anschauungsunterricht dient uns das veröffentlichte Tagebuch der verglühenden Lichtgestalt des deutschen Fußballs, Lothar Matthäus.

Angesichts dieses nicht zu unterschätzenden Aspekts beginnt unser bedauernswerter Autor dann letztendlich doch damit, seine Ausführungen einerseits mit einem tränenden, andererseits mit einem strengem Auge zu zensieren. Viele heikle Themen werden rigoros und komplett ausgespart, so pikant und reizvoll es auch wäre, sie ohne den lästigen Filter der Rücksicht offenbaren zu können. Schonungslose Offenheit, die beim Lesen Gänsehaut verursachen würde, weicht der tugendhaften Besonnenheit, nachdem die Drohgebärden der mahnenden Vorsicht unübersehbar geworden sind. Nach erfolgreicher und gründlicher Zensur, durch die sich zwar wieder eine beruhigende Gefahrlosigkeit eingestellt hat, bietet sich aber bei näherer Betrachtung des traurigen Residuums ein jämmerlicher Blick. Es ist wie beim Zwiebelschälen: Schicht um Schicht wird mühevoll entfernt und das Ergebnis ist zum Heulen. Zur Harmlosigkeit gesellten sich Langeweile und Eintönigkeit, schon beim ersten Audit des uninteressanten und rudimentären Werkes beginnt der Schreiber zu gähnen, und kurz danach fallen ihm die Augen zu. Dieses fade Machwerk auch noch Anderen zuzumuten wäre für ihn gewiss der Gipfel der Impertinenz. Und so sehen wir wieder unseren naiven, ratlosen und unerfahrenen Literaten vor einem neuen, leeren Blatt Papier an seinem Schreibtisch, die Stirn in tiefe Falten gelegt.

Doch dann kommt ihm schlagartig die rettende Idee. Eine reizvolle Möglichkeit, die Seele unverblümt nach außen zu kehren, ohne tölpelhaft in sämtliche ausgelegten Fettnäpfchen zu treten, bestünde in einer poetischen, blumigen Ausdrucksweise seiner Memoiren. Der Autor mutiert plötzlich zum Dichter und transportiert seine Gedanken in verspielter Manier, fallweise sogar in Versform, in den Sinn seiner Leser. Diese finden sich in einem Labyrinth einzelner, auf den ersten Blick zusammenhangloser Trioletten, Rondeaus, Balladen, Romanzen, Fabeln und Erzählungen wieder, die erst bei näherer und mehrfacher Betrachtung Rückschlüsse zulassen und ein Ganzes bilden, in dem nicht ein einziges Wort dem Zufall überlassen wurde. Der Betrachter wird für seinen Eifer nach anfänglicher Verblüffung und Fassungslosigkeit mit frappierendem Verständnis, Transparenz und möglicherweise partieller Nachvollziehbarkeit belohnt. Sowohl für ihn, als auch für den Verfasser ist das Machwerk Amüsement und Herausferderung zugleich – ein willkommener Synergie-Effekt.

Für viele Leser bleibt dieses Buch möglicherweise nur ein Werk, das aus ein paar Seiten besteht, von denen sie manche – wenn überhaupt – nur ein einziges Mal lesen, bei anderen aber vielleicht öfter und länger verweilen werden, weil sie von der Schlichtheit, dem Wahrheitsgehalt, der Frische oder Melancholie fasziniert sind.

Damit genug des Vorgeplänkels. Der Rahmen ist gesteckt, der Vorhang geht auf für das Potpourri privater Denkwürdigkeiten und wir begeben uns sogleich in medias res.

Willkommen im Labyrinth.

GEDICHTE

EIN SELTSAMER BESUCHER

Er kam zu Besuch, sie kannten ihn nicht.
Er fiel gar nicht auf mit seinem Allerweltsgesicht.
Was er auch tat, man nahm ihn nicht wahr.
Wo er auch war, man sah ihm nicht zu.
Er ahnte schon was oder wusste es gar.
Verstand es nur nicht. Und kam nie zur Ruh.

Sie hatten eine ganz und gar seltsame Art.
Oder lag es nur an dieser Rasse?
Sie sagten das Eine und dachten das Andere.
Ich sag dir ich lieb' dich, obwohl ich dich hasse.

Sie trieben es bunt, er schaute genau.
Er wollte ihr Treiben ergründen.
Sie waren zu glatt, und wohl auch zu schlau.
Und näherten sich meistens von hinten.

Als er so in seinen Gedanken versunken
trat er daneben und schon lag er unten.
»Oh wie ist das schade, wie sehr wir bedauern!«
sagten sie und verschwanden hinter dicken Mauern.

Dort steckten sie ihre Köpfe zusammen
sprachen entrüstet und begannen zu kramen
in seinem Leben und in seinen Sachen.
Ihm war dabei gar nicht zum Lachen.

Da fasste er für sich den festen Entschluss
einfach wieder wegzugehen. Man muss
nämlich wissen, er war nicht, wie sie vielleicht dachten,
von ihrer Art. Eher von der dritten oder achten.
Er hatte genug von diesen Proleten.
Und setzte seine Reise fort zu einem anderen Planeten.

DER TIGER

Einst genoss er, stolz und voll Erhabenheit
sein Leben in der Wildnis, frei und unbegrenzt.
Er verdrängt die Bilder aus ferner Vergangenheit
denn gerade wird ihm das Fleisch im Napf kredenzt.

Geschmeidig freilich ist sein Gang
auch wenn nur auf enger Gasse.
Angespannt ist jeder Muskelstrang
bewundert von der Menschenmasse.

Das Fell so glänzend, der Blick gefährlich –
so scheint's. Zum Glück gibt's Gitter!
In Wirklichkeit schaut er begehrlich
auf die Freiheit. Traurig und bitter.

Es vergeht die Zeit. Es vergeht sein Stolz.
Die Augen sind gleichgültig und trübe.
Notorisches Traben auf Brettern aus Holz
voll Kot und voll Gestübe
scheint ein Ritual für Mächte
denen er jedes Opfer brächte
für den Traum, dass ein einziger Gitterstab schmolz.

Eines Tages hat ein Mensch vergessen
den Gitterkäfig abzuschließen.
Seine Augen funkeln. Wäre es vermessen
die Freiheit noch einmal zu genießen?
Zu tun, was einem angeboren?
Seinen Instinkt hat er noch nicht verloren.

Sie haben es bemerkt, er hatte keine Chance.
Seine Flucht war viel zu unentschlossen.
Doch sein Stolz kehrte zurück und auch die Contenance.
Dann haben sie ihn erschossen.

ICH MÜSSTE

Ich müsste, ich sollte, man erwartet von mir
dass ich so vieles tun soll, und zwar jetzt und hier.
Na gut, ich probier es. Ich tu was ich kann.
Verbieg mich, zerreiß mich. Doch dann und wann
kommen Beschwerden, laute und leise.
Direkt und hinterrücks, auf verschiedenste Weise.

Ich müsste doch, sollte doch, man erwartet es dringend!
Ich kann nicht und bitt um Verständnis, händeringend.
Man bleibt jedoch hart, wo kämen wir hin?
Wo bleibt denn dein Ehrgefühl, dein Edelsinn?
Du hast einen Auftrag, hast die Verpflichtung.
Erfüllst du sie nicht, dann kommt die Vernichtung.

Ich möchte, ich wollte, ich würde so gern
einfach nur leben. Auf einem Stern
auf dem der Zwang ist in Ketten gelegt
wo sich ein jeder Mensch angstfrei bewegt.
Wo man aus Liebe reicht Anderen die Hand.
Doch Liebe, die habt ihr hier einfach verbrannt.

HAUS MIT VIELEN TÜREN

Geräumiges Haus mit vielen Türen.
Lockend versuchen sie ihn zu verführen.
Was ist dahinter? Will er es wissen?
Was man nicht kennt, kann man nicht vermissen.

Die Neugier ist groß, er muss sich entscheiden.
Wo ist das Glücklichsein, wo ist das Leiden?
Keinerlei Hinweis, keinerlei Zeichen.
Manchmal stellt der Zufall willkürlich die Weichen.

Er greift nach einer Klinke und drückt sie herunter.
Öffnet die Tür, erwartet ein Wunder.
Simsalaplumps. Das Wunder bleibt aus.

Denn was er nicht wusste: In diesem Haus
steckt hinter jeder Tür eh lauter Plunder.

EIN STEIN FÄLLT INS WASSER

Von oben her kam er geflogen
(irgend ein Mensch warf ihn wohl).
Er flog, wie gesagt, im hohen Bogen
und fiel ins Wasser. Es klang ein wenig hohl.
Den Erpel und auch den Ganter
hat es sehr wenig gekümmert.
Denn kaum war er da, schon verschwand er.
Hat nichts verbessert und nichts verschlimmert.
Sanft sinkt er in die Tiefe hinab
dort wird er wohl für immer bleiben.
Er schlummert ganz friedlich im nassen Grab
und lässt sich allenfalls von der Strömung treiben.
Doch oben auf dem Wasser
man noch eine Zeit an ihn dachte.
Er wusste nämlich nicht, dass er
die Oberfläche wellenförmig machte.
Es wankten ein paar Schwimmer
einer hat sich sogar verschluckt.
Zum Glück kam es nicht schlimmer.
(Auch wenn Besagter noch ganz erschrocken guckt.)
Irgendwann glätten sich alle Wogen.
Der Stein ist dann längst vergessen.
Er interessiert vielleicht mal Archäologen.
Ansonsten wird er keinen mehr stressen.

DAS SCHWEIGEN DES HAMMELS

Er wird umsorgt, er wird gepflegt
warm und kostbar seine Wolle.
Stumme Wünsche die er hegt
spielen längst schon keine Rolle.

Man ließ ihn nie lang ungeschoren.
Grundlos elend tiefe Schnitte
haben ihren Schreck verloren.
Sind schon ewig Brauch und Sitte.

Gleichmütig lässt er sich binden
schenkt Fesseln keinerlei Beachtung.
Scheint sich damit abzufinden.
Wird abgeführt zur Schlachtung.

Unumstößlich sein Geschick
unmöglich für ihn auszusteigen.
Dann zuletzt brach sein Genick.
Was nicht brach, das war sein Schweigen.

Unbedeutend klein

Weit außen im unerforschten Teil der Welt
im westlichen Spiralarm einer Galaxis mittlerer Größe
leuchtet eine kleine Sonne gar bedeutungslos.
Ihr bescheidenes, spärliches Licht erhellt
ein blaues Kügelchen, das ohne viel Getöse
um die Sonne kreist. Es ist auch nicht besonders groß.

Auf dem Ding regen sich Bioformen
klein, primitiv und erfüllt von Größenwahn.
Sie machen Gesetze, Regeln und Normen
schreiben sie in Bücher, aber halten sich nicht dran.

Ihr Horizont ist gefangen in drei Dimensionen
und sie begreifen nicht, dass Abermillionen
von Lichtjahren nur *einen* Gedanken bedeuten.
Ihr Bestreben ist nicht nur, die auszubeuten
die auf dem blauen Ding mit ihnen leben.
Sie wollen den Weltraum erobern und streben
begierig nach Herrschaft und Macht.
Sie haben nicht den leisesten Verdacht.

Sie glauben tatsächlich, sie seien groß
sehen sie doch mit Rohren ins All tief hinein.
Vor Größenwahn blind glauben sie, dass bloß
ihr blauer Punkt, umschwirrend dieses Lichtelein
der einzige Planet im Universum wäre
auf dem sich denkende Kreaturen regen.
Ansonsten gäbe es nur kalte Leere
im ganzen Makrokosmos. Von wegen!

Doch lassen wir sie in ihrem Glauben.
Sollen sie denken, was sie gern wollen.
Man sollte sie ihrer Illusionen nicht berauben
denn bald sind sie in der Raumzeit verschollen.

Der Albtraum

Unsichtbar und allgegenwärtig
legt dir die Unvermeidlichkeit
ihre mächtigen Hände um die Kehle
und drückt mit eisernem Griff
den letzten Funken Lebenskraft
aus deinem hohlen Körper.
Dieser böte – und tat dies auch früher –
viel Platz für Wärme und Behagen.
Doch sie sind ausgeflogen
und wollen nicht zurückkehren.
Das Herz wurde zu einem monotonen
maschinenähnlichen Organ degradiert
von dessen früheren Gefühlen
nur noch kalte Asche übrig blieb
die zusammen mit dem wässrigen Blut
in die Adern gespült wird.
Wolkenbedeckter Himmel
zeichnet beklemmende, dunkle Bilder
als würde er für die Schreckensvisionen der Nacht
düstere Vorbereitungen treffen.
Es ist kalt und nass –
die feindlich gesinnte Umgebung
bietet keinen Schutz
und hat ihre letzte Deckung
hämisch grinsend zurückgezogen.
Modriger Aasgeruch hängt wie ein totes Ungeheuer
in der spärlichen Luft
die sich mühsam den Weg
durch deine zugeschnürte Kehle
in die verzweifelten Lungenflügel bahnt.
Alles ist ein einziger Schmerz
der an Intensität Körper und Geist
zu gleichen Teilen völlig durchdringt.
Diffuses Licht belagert
die trüben, brennenden Augen

die irritiert und vergeblich
nach einem festen Bezugspunkt suchen.
Sie versagen ihren Dienst
sind nicht mal in der Lage
eine einzige Träne zu vergießen.
Gespenstische Geräusche
lassen keinen klaren Gedanken zu
und formen mal schrille Töne
mal bedrohliche Wörter.
Sie richtig wahrzunehmen bist du nicht imstande
und du willst es auch gar nicht.
Nichts ist von Bedeutung.
Selbst das sich Aufgeben fällt dir schwer.
Du weißt nur, es ist ein Albtraum.
Aus dem du nicht mehr erwachen wirst.

Der Fluss

Ich lebe am Fluss der Wahrheit.
Der Frühling ist heiter. Die Tage werden lang.
Reines Wasser voll leuchtender Klarheit
ist eisig vom Schnee, schmelzend am Hang.
Die Sonne spiegelt sich darin gar gleißend.
Verspielt locken Stromschnellen wie aufgeschüttelte Kissen –
doch ist mir der Fluss noch zu kalt und auch zu reißend.
Setzte ich nur einen Fuß hinein, so würde ich mitgerissen.

Ich lebe am Fluss der Wahrheit.
Der Sommer ist warm. Kinder plantschen im Wasser
das algig ist und trübe – es verlor längst seine Frische und Klarheit.
Die Kleinen hören kaum die Stimmen ihrer Aufpasser
die sie davor warnen, zu weit ins Wasser zu gehen.
Und ich – ich frage mich, ob ich wirklich darin baden muss.
Und bleibe am Ufer stehen.
Ich glaube, das ist nicht mein Fluss.

Ich lebe am Fluss der Wahrheit.
Der Schal des Herbstes legt sich melancholisch um die kühlen Tage.
Jetzt im kalten Wasser zu baden – welch kühne Narrheit!
Aber die Wärme kommt sicher noch mal zurück, keine Frage.

Ich lebe am Fluss der Wahrheit.
Es ist Winter. Die warmen Herbsttage kamen nicht mehr zurück.
Kälte hat das Land erfasst und in eisiger Starrheit
verharrt nun der Fluss. Vom Jahr bleibt nur noch ein kleines Stück.
Auch mich ließ Kühle erstarren und ich erscheine gar wie ein
                                        Frommer.
Der Winter bestreut seinen Teppich mit Diamanten wie aus einem
                                        Guss.
Durch das Fenster sehe ich das Rinnsal und träume vom nächsten
                                        Sommer.
Und vom Baden im Fluss.

Es geht mir gut

Ich sitze am Fenster
mit Blick auf die Dächer
vertreibe Gespenster
frostige Schächer.

Bin nicht alleine
bin doch zu zweit
denk nach über meine
Einsamkeit.

Eiskalter Regen
die Blumen verblüht.
Unsichtbarer Degen
ersticht mein Gemüt.

Erloschenes Feuer
erstickte Glut
bezahlte ich teuer.
Es geht mir gut.

Vor dem Abgrund

Er stand vor dem Abgrund. Ein einziger Schritt trennte ihn von der Ewigkeit, von dem, was sich hinter dem undurchsichtigen Vorhang verbarg, der für ihn der Inbegriff des Ungewissen war. Er vermutete dahinter Erlösung.

Er hielt inne. Es war seine Entscheidung – nur er, er alleine konnte es möglich machen. Und nur er könnte es verhindern, wenn er wollte. Er konnte den Zeitpunkt dafür bestimmen, die Umstände und das Mittel. Was er nicht bestimmen konnte – nicht mal annähernd – war die Intensität, der Schmerz, das subjektive Wahrnehmen, der Grad des Bewusstseins.

Er sehnte sich schon lange danach. Eine merkwürdige Ruhe stellte sich ein. Kein Herzklopfen, keine Furcht. Sein Atem war gleichmäßig, vielleicht sogar verhalten. Seine Sinne waren intakt. Sie trachteten nur noch danach, absolut nichts zu fühlen, nicht mal Leere. Einfach pures Nichts. Es war ihm, als stünde er kurz vor der Heimkehr zu sich selbst – für ihn ein tröstlicher Gedanke.

Er ließ weder sein ereignisreiches Leben vor seinen Augen Revue passieren, noch war er besonders schwermütig.
Man hätte ihn sogar noch kurz lächeln sehen können.

Dann sprang er.

ALLTAG

Es klingelt der Wecker. Noch einen Augenblick!
Zu spät. Schlaftrunken sperrst deine Träume weg.
Die Nacht zieht ihren schützenden Mantel zurück.
Du wehrst dich vergeblich. Es hat keinen Zweck.

Hinein in den Bus. Hinein in den Zug.
Hinein in die Schnellbahn. Geschäftiger Trug.
Hinein ins Büro. Hinein ins Gewühl.
Pechschwarzer Kaffee und Unlustgefühl.

Verstand ist gefragt und logisches Denken.
Flexibel zu sein, erfolgreich und smart.
Im harten Business gibt's nichts zu verschenken.
Abgekocht, abgebrüht, gefühllos und hart.

Hinein in die Schnellbahn. Geschäftiger Trug.
Liest deine Zeitung. Hinein in den Zug.
Bussi im Auto, wie war dein Tag?
Die Kinder nehmen mich ganz in Beschlag.

Iris war da und dann die Andrea.
Einkaufen, Aufräumen, Kaffee gemacht.
Liest im guten Buch – Psalm oder Hosea –
Kinder, ins Bett! Es ist schon nach acht.

Pünktlich zum Film auf der Couch nimmt man Platz.
Geistiges Vakuum mit Schundgarantie.
Kitschige, knallbunte Welt als Ersatz
für Zufriedenheit, Behagen und Harmonie.

Gehst bald ins Bett – Bussi, gut Nacht.
Hältst deinen Schlüssel zum Träumen bereit.
Nur noch kurz über den Tag nachgedacht
dann schläfst du ein – und träumst deine Aufsässigkeit.

ZWEIFEL

Was ist dein Begehr?
Wer rief dich herbei?
Du wiegst ziemlich schwer.
Schwerer als Blei.

Du tanzt hin und her
bist nicht zu fassen.
Scheinst ohne Gewähr.
Veranlasst zu hassen.

Zerstörst Fundamente
vertreibst Seelenfrieden
im Dolcefarniente
lebst du hienieden.

Oft hast du Mut
und Halt mir genommen.
Tatst selten gut –
und dennoch: Willkommen!

WAHRHEIT

Wahrheit ist gut
Wahrheit macht frei
Wahrheit gibt Mut
Ist heilend' Arznei
Wahrheit wiegt schwer
Wahrheit schmeckt bitter
Ist ungefähr
So starr wie ein Gitter.

Wahrheit zieht an
Wahrheit stößt ab
Strenger Tyrann
Mit eisernem Stab
Unendlich groß
Ihr Wirkungskreis
Ihr bitteres Los
Hat seinen Preis.

Wahrheit ist stumm
Wahrheit kann schreien
Hab nicht den Mumm
Mich zu befreien
Aus ihren Fängen
Aus ihren Klauen
Kann sie nicht verdrängen
Muss sie verdauen.

Als ich ein kleiner Junge war

Als ich ein kleiner Junge war
da schien der Himmel mir so nah
die Welt passte auf meine Handfläche.
Die Sonne schien heller, die Flüsse
die Seen und die Sturzbäche
verteilten großzügig Liebkosungen und Küsse.
Der Duft von Flieder war so intensiv
er glich meinen Träumen, während ich schlief.

Als ich ein kleiner Junge war
schien es für mich wunderbar
ein Lächeln auf dem Mund zu fühlen.
Ich hörte Lieder, die süßer klangen
die einfach in die Herzen drangen
und vermochten Schmerz zu kühlen.
Ein Pferd lief damals doppelt schnell
und Katzen hatten ein weicheres Fell.

Als ich ein kleiner Junge war
verging ein Tag, ein Monat, ein Jahr
so langsam wie Honig vom Butterbrot fließt.
Im Winter lag Schnee, im Sommer war's heiß
ein Kind stand noch auf vor einem Greis.
Ein Spaziergang war etwas, das man genießt.
Der Schmetterling protzte mit schöneren Farben
und wenn einmal Blut floss, blieben keine Narben.

Als ich ein kleiner Junge war
begab ich mich oft auf die Reise
besuchte Isegrim und Adebar
und auch Ferdl, die Ameise.
Ich überquerte Ozeane und Kontinente
in den Büchern die ich las.
Sah täglich neue Firmamente
erlebte Abenteuer, die ich nie vergaß.

Als ich ein kleiner Junge war
hatte ich nicht viel, nur ein paar
Spielsachen. Nicht mal ein eigenes Zimmer
und schon gar nicht die Kiste mit Geflimmer.
Ein Butterbrot war für mich eine Köstlichkeit
die Radieschen brannten noch auf der Zunge.
Ach, was war das für eine schöne Zeit.
Ach, wäre ich noch ein kleiner Junge.

DAS LEBEN DES P.
(unvollendet)

Als Sohn eines Schlossers kam er zur Welt.
Er hat sich das Leben anders vorgestellt
als es dann kam. Es begann beschaulich
in den Armen seiner Mutter, warm und vertraulich.
Behaglichkeit floh, es kam die Pflicht:
Beten und lernen für den Schulunterricht
den er alsbald mit Leichtigkeit nahm.
Für Mutter und Vater lief alles nach Plan.

Als es die Familie ins Schlaraffenland zog
war er schon zwölf. Wie die Zeit verflog!
Er sollte lernen, sollte was werden
doch gibt es noch andere Dinge auf Erden
die er jetzt sah, jedoch noch nicht kannte.
Drum wollt er – zum Leidwesen der Mutter
und zum Entsetzen von Onkel und Tante –
nicht nur das Brot, sondern auch die Butter.

Es gelang ihm am Anfang alles zu schaffen
was sie von ihm wollten und was ihm gefiel.
Doch begann dazwischen eine Kluft zu klaffen.
Nur mit Müh' und Not kam er ans Ziel.
Mit dem Glück des Tüchtigen bekam er eine Stelle
in einem Laden und Elektroschrott.
Dort stand er Tag für Tag wie in einer Zelle
und bemerkte schließlich den stupiden Trott.

Die Großstadt, sie rief! Hinein ins Gewühl!
Er zog aus der vertrauten Umgebung hinaus.
Alles was er hatte, war sein Selbstwertgefühl.
Ansonsten war er arm wie eine Kirchenmaus.
Ein Mädchen er freite, nahm sie zur Frau.
Sie schenkte ihm drei reizende Kinder.
Der Alltag aber war für ihn eher grau
es fehlte ihm etwas, nichtsdestominder.

Er hatte Erfolg und brachte es weit –
im Portemonnaie freilich blieb nicht viel hängen.
Sie zogen aufs Land, dort hatte er Zeit
seine Zweifel und Sorgen zu verdrängen.
Der Himmel verfärbte sich jedoch dunkel
und entfachte über ihm ein Gewitter.
Als die Wolken verflogen, blieb das Gemunkel
und ein Nachgeschmack bitterer Gedankensplitter.

MEIN BRUDER

Die Sonne und der Mond
begegnen einander nie.
Man ist sie schon gewohnt
die ewige Himmelsironie.
Kaum wurde ich geboren
da bist du schon gegangen
ich habe dich verloren
und der Himmel war verhangen.
Du warst ein frecher Bengel
gut gelaunt und frohgemut.
Lachender Poussierstängel
und im Grunde herzensgut.
Ich sah in dir den Vater
den Bruder und den Freund.
Und gab's einmal Theater
hast du die Scherben aufgeräumt.
Kein Ziel war dir zu weit
hast erklommen jedes Bergmassiv.
Wärst gern vor dem Tod gefeit
Wagnis war dein Leitmotiv.
In den Himmel stiegst du empor
wolltest nah der Sonne sein
fühltest dich frei wie nie zuvor –
oh Ikarus. Oh Bruder mein.

VERUNGLÜCKT

Dumpfer Aufprall, wie aus dem Nichts.
Sekundenschnell, unfassbar. Plötzliche Leere.
Geschlossene Augen, Feinde des Lichts.
Ruhe und Dunkelheit. Drückende Schwere.

Fremde Geräusche, flackernde Lichter.
Bewegungsunfähige Gleichgültigkeit.
Sich nähernde, faustische Gaffergesichter.
Mitleidige Masken der Verlogenheit.

Betriebsame Hektik eilt schnell herbei.
Bemächtigt sich meiner, obwohl ich nicht will.
Will nur meine Ruhe. Versuch einen Schrei.
Schreie nach innen. Bin nach außen still.

Wart auf den Schmerz. Doch nichts tut mir weh.
Steh unter Schock. Nehme alles leicht.
Öffne die Augen, obwohl ich nichts seh.
Schließe sie wieder, bis der Schock weicht.

KINDER

Kleine Riesen, große Träume
sonnengereift und voller Possen.
Ihr Lachen dringt in alle Räume.
Jetzt schlafen sie wie Blumen.
Schlaff und geschlossen.

Der Atem so ruhig, nur die Augen zucken.
Leise hebt und senkt sich Kuschelkrepp.
Was gibt es Schöneres als sie anzugucken!
Ein roter Luftballon entschwebt
mit einem Kindertraum im Schlepp.

MEIN KLAVIER

Majestätisch in der Mitte des Raumes
steht bewegungslos ein alter Freund.
Aus dem Holz eines erhabenen Baumes
wurde er geschnitzt. Nun schläft er und träumt.

Aus glänzend schwarzem Lack
besteht sein festlich' Kleid.
Erlauchte Gestalt in edlem Frack
bietet mir ehrwürdig sein Geleit.

Geheimnisvolles ist verborgen
in seinem Innern. Ich öffne leis'
den Deckel, vergesse alle Sorgen
bei dem Anblick von Schwarz und Weiß.

Alter Freund, kennst meine Seele
tröstest mich mit deinem Klang
wenn ich mich mal wieder quäle.
Und freust dich in meinem Überschwang.

Auf dem Stuhl ohne Rückenlehne
saß ich manchmal nachts um vier
vergoss bekümmert manche Träne
bei meinem Freunde, dem Klavier.

MEIN FREUND

Aus dem Nichts kamst du hervor
bevor ich ganz den Halt verlor
und beinahe auch den Verstand
da reichtest du mir deine Hand.

Hast nicht einfach weggesehen
mit stumpfem Rat nicht zugeschlagen
hast versucht mich zu verstehen
mich übers Scherbenfeld getragen.

Dein gütig' Lächeln gab mir Kraft
ließ die Sonne wieder scheinen.
Kam aus meiner Einzelhaft
um mich bei dir auszuweinen.

Schützend lagst du über mir
fingst Geschosse für mich ab.
Für deine Hilfe dank ich dir.
Wie gut, dass ich als Freund dich hab.

TEPLITZ

Unscheinbar im grauen Kleide
am Fuß des Erzgebirges ruht
die Stadt, die einst als Augenweide
strotzte vor Freud' und Übermut.

Seufzend sang der Eichenwald
leis' das triste Klagelied
bevor in trauriger Gestalt
gebeugt und langsam er verschied.

Verhallt sind längst Theaterklänge
Ritter fielen im Duell
verschüttet sind die Klostergänge
versickert heilend' Wasserquell.

Zu Ruinen ist verkommen
Häuserpracht mit Ornamenten.
Würde hat man ihr genommen
befreit von Künstlern und Talenten.

Ihre süße Lieblichkeit
ist verwittert, glänzt nur matt
Erinnerung an Kinderzeit
an Teplitz, meine Heimatstadt.

WOLNZACH

Wolken, die nie tiefer hangen.
Ein Baum, der sich im Wind bewegt.
Kahle, triste Hopfenstangen
auf Feldern brach und ungepflegt.

Achtlos lässt man sie links liegen
der Sturm bläst ins Gesicht hier rau
unauffällig und verschwiegen
ist das Herz der Holledau.

Einmal kurz, zur Jahresmitte
zeigt sich – wenn auch ungewollt –
holde Lieblichkeit und Sitte
im prächtig grünen Hopfengold.

Man hätte es fast lieb gewonnen
sein Zauber schimmert nur noch schwach.
Doch wieder wirkt es arg beklommen.
Drückend trübes Wolnzach.

WER WEISS

An manchen Tagen frage ich mich
was wäre gewesen, wenn ich dich
nicht kennen gelernt hätte vor 14 Jahren.
Welches Los wäre uns Zweien beschieden?
Wären wir unglücklich, oder zufrieden?
Der Zufall treibt Menschen zu Paaren.

Was wäre denn los, frage ich weiter
wenn ich noch heute als Lagerarbeiter
oder als Verkäufer beschäftigt wäre?
Wie viel im Leben ging mir verloren?
Und wär' ich vor Jahren in Brookline geboren
hätte ich mit Marilyn eine Affäre?

Hätt' ich mir so manchen Kummer erspart
ohne des Allmächtigen Allgegenwart
in die mich die Tyche aleatorisch geboren?
Würde ich Seine Gesetze nicht kennen
und mich von Fleisch und vom Blute trennen
ließe Er mich dafür ungeschoren?

Die Reise durch die Einbahnstraße
irisiert wie eine Seifenblase.
Hoch der Einsatz, hoch der Preis.
Im Rennen um das große Glück
gibt's nur Vorwärts, kein Zurück
und vielleicht eine Chance. Wer weiß?

Flieg, Vogel!

Sitzt so gern im warmen Nest
bist auch noch ein kleines Küken.
Und wenn du mich zuweilen stresst
hast du daran dein Vergnügen.

Flaumig ist dein Federkleid
Aufmerksamkeit forderst schrill
ausgeprägt dein Futterneid
selten bist du mäuschenstill.

Deine Kulleraugen strahlen
voller Frohsinn und Entzücken
wenn du versuchst dir auszumalen
dem Kahn den Ball ins Tor zu kicken.

Auf der Zunge tausend Fragen
entsprungen deiner Phantasie.
Versuchst Schmetterlingen nachzujagen.
Hast unermesslich Energie.

Bald werden die Tage kommen
deiner ersten Flugversuche
begleitet – egal wie besonnen
du auch bist – von manchem Fluche.

Aus dem Nest wirst du dann springen
um dich aus deiner eigenen Kraft
in die Luft emporzuschwingen
jauchzend laut: »Ich hab's geschafft!«
Dann werde ich dich nicht mehr steuern.
Wünsch dir Glück zu deinem Sieg!
Es bleibt mir nur, dich anzufeuern
dir nachzurufen: »Vogel, flieg!«

ERDVERBUNDEN

Ein Flugzeug fliegt am blauen Himmel
hundert Leut' in seinem Bauch.
Verfolgt von einem Wolkenschimmel
und mein Blick, der folgt ihm auch.

Sein Ziel ist mir nicht bekannt
es liegt irgendwo in der Ferne.
Vielleicht ist es ein warmes Land –
dort wäre ich jetzt ziemlich gerne.

Ich träum noch kurz von fernen Ländern
von der Sonne und vom Meer
davon, über den Strand zu schlendern.
Vom Reisen ohne Wiederkehr.

Bald ist es meinem Blick entschwunden.
Nach einer kurzen Gedankenpause
bin ich wieder ganz erdverbunden.
Und gehe flugs zu Fuß nach Hause.

DER SPATZ

Der Spatz sitzt stolz auf einem Ast
laut pfeifend schrille Töne.
Gegenüber weilt als Gast
eine Spätzin, eine gar schöne.

Aus voller Kehle krächzt der Spatz
die Holde wippt dazu beschwingt.
Sie scheint zu meinen dass ihr Schatz
nicht nur piepst, sondern sehr gut singt.

NÜCHTERN

Einst kam er zurück von seiner Reise.
Dort wo er war, gefiel es ihm gut.
Es fiel alles leicht, sonderbarerweise.
Er war wie befreit und hatte viel Mut.

Worte glitten ihm leicht von den Lippen.
Drangsal und Schmerz waren plötzlich klein.
Es kam ihm so vor, als stünd er inmitten
von Freunden. Und fühlte sich nicht mehr allein.

Er glaubte zu schweben, anstatt zu laufen.
War nicht wie sonst – bieder und schüchtern.
Doch hatt' er kein Geld mehr, um weiter zu saufen.
Jetzt ist er zurück. Und ist wieder nüchtern.

Der Gönner

Die Augen hinter engen Schlitzen
beobachtet er, wie seine Gäste
auf den antiken Stühlen sitzen
und essen. Zum Glück hat er das Beste
an Speisen und Wein in Sicherheit gebracht.
Denn oft sind Gäste ziemlich dreist
und hätten auch das zunichte gemacht
was er hätt' gern allein verspeist.

Entsetzt stellt er soeben fest
wie eines Gastes Kind beim Naschen
etwas daneben tropfen lässt.
Jetzt muss er wohl das Tischtuch waschen.
Nun denkt er noch, er könnt fast wetten
dass die Leute ihn bald fragen
ob er nicht hätt' Papierservietten!
Zum Glück wollte es keiner wagen.

Es schmeckte nicht besonders gut
das aufgewärmte Essen.
Dazu noch war der fade Sud
auch nur eng bemessen.
Zum Trinken gab es ungesprudelt
Leitungs-Aqua-Minerale.
Mit Largess hat er sich nicht besudelt.
Beim Gehen freilich knicksten alle:

»Es war sehr schön hier, besten Dank!«
Im Schmeicheln sind die Gäste Könner.
Als sie weg waren, ging er zum Schrank
und trank vom guten Wein ein großes Glas.
Und während er die Feinkost aß
hielt er sich für einen Gönner.

DER HEUCHLER

Er fletscht seine Zähne zu einem Grinsen.
Erfolgreich und smart, begehrt und beliebt.
Sein Lächeln, das ließ er sich gerne verzinsen.
Schließlich hat er es auch lange geübt.

Der Anzug sitzt gut, Frisur wie geleckt.
Jedes Wort das er in seiner Besonnenheit spricht
das Schwein, das in ihm ganz zweifellos steckt
gekonnt verbirgt vor dem Tageslicht.

Das Grinsen erstarrt ganz allmählich zur Fratze.
Die Umwelt nimmt es noch nicht einmal wahr.
Er reicht dir kalt lächelnd und gnädig die Tatze.
Die Luft ist stickig, es riecht nach Gefahr.

Doch eines Tages, ich werde es erleben
fordert die Gerechtigkeit ihren Tribut.
Dann wird er kriechen, anstatt zu schweben
und vorbei ist es mit seinem Übermut.

Kein Lächeln, kein Grinsen, keine Omnipotenz
zerrissen von Fernsehen und Presse.
Die Heuchlerschar bittet zur Gondolenz
doch in der letzten Quintessenz
denken sie nur:»Jetzt liegt er auch auf der Fresse.«

DIE NAHRUNGSKETTE

Die Raupe sitzt
auf einem Blatt.
Sie kriecht und schwitzt
und frisst sich dran satt.

Sie macht mal Pause
geht nicht nach Hause
schläft tief und fest
da raschelt's im Nest.

Ein Vogel macht »pick«
bricht ihr das Genick
schluckt sie herunter.
Die Katze wird munter
und während der Vogel
die Raupe verdaut
hat schon die Katze
den Vogel gekaut.

DER KÖNIG (VON) (H)IS(CH/K)IA

Es war einmal vor langer Zeit
ein König. Dessen große Fähigkeit
bestand darin, zu tun was Gott befahl.
Oder blieb ihm keine Wahl?
Jedenfalls war er sehr gescheit.
Und blieb ihm manchmal etwas Zeit
dann pflegte er zu schreiben.
Doch Zeit tat selten übrigbleiben.

Als König war er herzensgut.
Man tat auch keinen Wankelmut
oder sonst was Schlechtes an ihm finden.
Dann wurde er sterbenskrank. Diesen Hänger
konnt' er schließlich überwinden.
Dann lebte er noch 15 Jahre länger.
Er war gescheit, er war gesund
er hatte Geld, Erfolg sogar.

Er plapperte nur ohne Grund
und legte alles offen dar.
Doch gab es auch schon damals Neider
denen lief er dann ins Messer – leider.
Was lernen wir aus dem Verhalten?
Am besten ist, den Mund zu halten.
Hält mancher Schweigen auch für dumm –
es defiliert an meinem Ischium.

ANGST

Großer schwarzer Unglückshäher
der über meinem Haupte kreist
lautlos drohend, immer näher
kommt sein Schatten meinem Geist.

Lähmt die Zunge, schließt mich ein
bringt mein Innerstes zum Beben.
Wünschte mir, imstand zu sein,
mein Haupt endlich emporzuheben.

Schon bohren sich seine Krallen
tief in meine Kopfhaut ein –
es scheint ihm sichtlich zu gefallen
herrischer Tyrann zu sein.

Baut dort oben sich ein Nest –
plant wohl länger zu verbleiben!
Mit meiner Kräfte letztem Rest
versuche ich, ihn zu vertreiben.

Wünschte mir, imstand zu sein,
mein Haupt endlich emporzuheben.
Doch er schließt mich wieder ein
und bringt mein Innerstes zum Beben.

Das letzte Genie

Er beugte sich niemals vor Konventionen
wählte auch sonst nicht den einfachen Weg.
Süchtig nach Anklang und Ovationen –
die eigene Seele als Sakrileg.

Himmelhoch jauchzend, zu Tode betrübt
selten verstanden, meistens verkannt.
Bilder im Innern durch Nebel getrübt –
begehrende Schaffenskraft wurde verbannt.

Ewiges Feuer, glimmender Funke
gewaltsam erstickt, doch beugt er sich nie
verdammt und verflucht als stolzer Halunke –
so tötete man auch das letzte Genie.

Die Nacht

Sie kündigt an mit langen Schatten
das Kommen ihrer dunklen Macht.
Befiehlt dem Tage zu ermatten
zu weichen dann vor ihr – der Nacht.

Finsternis zog in die Straßen
in die Wälder, in das Land.
Schwarze Ungeheuer fraßen
jeden Lichtstrahl von der Wand.

Sie ist gar vielen unwillkommen.
Geheimes gibt sie selten preis.
Ihr dichtes Netz ist fein gesponnen
lässt wenige in ihren Kreis.

Wes Aug' es schafft, nicht einzuschlafen
wer munt'ren Geistes stetig wacht
für den ist sie Bestimmungshafen –
sanfte, dunkle, gute Nacht.

53

Bei 53 wollte ich
aufhören, doch dann tat ich's nicht.
Bei 53 dachte ich
mir fiele nichts mehr ein.
Bei 53 war in mir
noch viel Platz für manch Gedicht.
Bei 53 sagt' ich mir
jetzt lasse ich es sein.
Nach 53 dachte ich
käme keine schönere Zahl.
Bei 53 ließe ich
es liebend gern bewenden.
In 53 suchte ich
Endlichkeit, wieder einmal.
Von 53 ließ ich mich
wohl wieder einmal blenden.
Nach 53 kamen mir
die besten Verse in den Sinn.
Nach 53 endeten
Schmerzen und auch Qualen.
Nach 53 kam für mich
so etwas wie ein Neubeginn.
Nach 53 kommen ja
erst die schönsten Zahlen.

DER ANFANG

Am Anfang, da fing alles an
beginnend mit dem ersten Schritt.
Ganz zu Beginn da wusste man
nicht sehr viel, bekam nicht mit
was nach dem Auftakt folgen sollte
– erwünscht, oder auch ungebeten –
wohin die Lawine rollte
die man eingangs losgetreten.

DAS ENDE

Alles ist einmal zu Ende.
»Endlich!« sagen wir nicht selten.
Sind doch alle Durchreisende
auf dem Weg zu neuen Welten.

Nicht immer ist für uns das Ende
auch der Weisheit letzter Schluss.
Man weiß nicht ob das Nachfolgende
letztlich genauso gut sein muss.

Am Ende meist wird offenbar
uns temporell Vergänglichkeit.
Alles vergeht – das ist und war
des letzten Endes Endlichkeit.

DIE NACHT

Sie kündigt an mit langen Schatten
das Kommen ihrer dunklen Macht.
Befiehlt dem Tage zu ermatten
zu weichen dann vor ihr – der Nacht.

Finsternis zog in die Straßen
in die Wälder, in das Land.
Schwarze Ungeheuer fraßen
jeden Lichtstrahl von der Wand.

Sie ist gar vielen unwillkommen.
Geheimes gibt sie selten preis.
Ihr dichtes Netz ist fein gesponnen
lässt wenige in ihren Kreis.

Wes Aug' es schafft, nicht einzuschlafen
wer munt'ren Geistes stetig wacht
für den ist sie Bestimmungshafen –
sanfte, dunkle, gute Nacht.

DER RITTER

Auf der Suche nach dem Drachen
irgendwo und irgendwann
stolz auf seinem Motorroller
ritt der edle Rittersmann.
Als er so ritt, das heißt er fuhr
mittags um circa halb ein Uhr
da holte ihn ein zweiter Ritter
flugs vom Sulky. Ohne Lanze.
(Leider stand dabei kein Dritter
um zu beobachten das Ganze).
Der Roller tat die Straße pflügen
bevor er dann zum Stillstand kam.
Für Durchlaucht war es kein Vergnügen
dafür war's ziemlich einprägsam.
Der Provokant ritt einfach weiter
das heißt er ritt nicht, da er fuhr
er war ja Fahrer und kein Reiter.
Doch fuhr er dafür ziemlich stur.
Dem Ritter war wohl nicht zum Lachen,
sein Antlitz begann sich einzutrüben.
Und für den Kampf gegen den Drachen
sollt' er lieber noch mal üben.

MADAME

Das Meer wogt hin, das Meer wogt her
Madame fällt heut das Schwimmen schwer.
Soll sie sich ins Wasser trauen?
Sie traut sich nicht mal hinzuschauen.
So ist's nun mal bei kleinen Frauen.

Als die anderen schon schwammen
nahm sie ihren Mut zusammen
um auf die Fluten sich zu legen.
Doch diese hatten was dagegen.

Es half auch nicht der stärkste Wille
da ihre kurvenreiche Fülle
die sie mit sich zu tragen pflegte
sich zögernd nur ins Meer bewegte.

Deshalb konnten wohl die Fluten
es verhindern. Man könnt' vermuten
dass sie ihren Spaß dran hatten
(neben ihrem Ehegatten).

LOGISCH!

Des Menschen Überlegenheit
auch wenn er mit dem Tier verwandt
liegt in der Beschaffenheit
seines Gehirns, genannt Verstand.

Ratio und Intellekt
denken gerne analytisch
arbeiten zumeist korrekt
betrachten ihre Umwelt kritisch.

Doch zuweilen kam es vor
– keiner von uns kann's bestreiten –
dass Mensch seinen Verstand verlor
und ließ sich von Gefühlen leiten.

Die sind nun mal nicht abzutöten.
Doch betrachten wir es pädagogisch:
Egal in welchen schlimmen Nöten –
die Logik geht uns niemals flöten.
Denn der Mensch ist immer bio-logisch!

DIE BELEIDIGTE LEBERWURST

Einst ein König hat geladen
edle Gäste auf den Hof.
Dazu ließ er Brot und Fladen
quer durch Englands Nebelschwaden
neben and'ren Delikatessen
zum königlichen Hofe bringen.
Die Leute mussten es dann essen.
(Notfalls tät er sie auch zwingen.)

Nach dem Essen auf dem Hofe
als die Gäste Luft abließen
lud die Musik ein zum Schwofe.
Danach tat Wein noch reichlich fließen.
Letzterer ging jedoch aus
man hatte wohl besonders Durst.
Schuld dran war ein Gaumenschmaus –
die salzig feine Leberwurst.

Der König war wohl sehr erzürnt
den Koch hat er ums Haupt gekürzt.
Es hat ihn offenbar gewürmt
dass die Wurst war so gewürzt.
In seiner königlichen Rage
wegen dieser Großblamage
er – noch im Gesicht ganz rot –
Leberwurstgenuss verbot.

Den Rest der Wurst mitsamt dem Schinken
ließ er noch ins Meer versinken.
Kein Mensch hat die Leberwurst verteidigt.
Drum ist sie noch bis heut beleidigt.

TREPPENGEFLÜSTER

Frau Hapflmeier, Gott zum Gruße!
Ihr Kleid sieht aber neckisch aus!
Sie stehen auf gar feuchtem Fuße?
Ja, heut ist's ein wenig nass im Haus.
Seien Sie nicht böse
nehmen Sie's nicht übel
dass die Einhängeöse
von meinem alten Kübel
während ich das Wasser schleppe
selbigen hat jäh verlassen.
Daher die Schwemme auf der Treppe.
Das ist doch nicht zu fassen!
Seien Sie nicht so unbesonnen!
In diesem Haus hat keiner
wegen einem kaputten Eimer
bisher so wie Sie gesponnen.
Das geht mir jetzt viel zu weit!
Mit Ihnen red' ich keinen Ton!
Mein Anwalt führt ab jetzt den Streit.
Sie ausverschämte Weibsperson!

Mit Hängen und Würgen

Einst beschloss ein böser Mann
sein Leben zu beenden.
Denn glaubte man der Kirche, dann
tät man nur seine Zeit verschwenden
die unnütz hier verstreiche
im Leben auf der Erde
und nicht im Himmelreiche
unter Gottes Schäfleinherde.
So stürzte er sich aus dem Fenster
doch tat das Bein er sich nur brechen.
Statt Englein sah er nur Gespenster
und die wollten ihn gar nicht selig sprechen.
Dann nahm er bunte Schlaftabletten
die schluckte er in Massen.
Doch tat man ihn schon wieder retten
und er konnte es nicht fassen.
Danach mit einem dicken Strick
am Ast wollte er hängen.
Den Strick knüpfte er ums Genick
besiegelnd endlich sein Geschick
denn ins Himmelreich tät's ihn schon drängen.
Der Ast hielt brav was er versprach
ebenso die dicke Leine.
Das Ableben war sehr gemach –
und das war das Gemeine!
Die Luft blieb weg, es würgte ihn
er konnt's nicht mehr verhindern
so dass er tot vor Gott erschien
zusammen mit noch anderen Sündern.
Dort oben prüfte man sogleich
sein Konto guter Taten
damit sich nicht ins Himmelreich
verirrt ein Satansbraten.
Dem Gauner schwant nichts Gutes
und er beginnt zu bangen

als lieblich und gar frohen Mutes
die Himmelsglöcklein klangen.
Man drücke, hieß es, ausnahmsweise
beide Augen bei ihm zu
so dass nun – nach langer Reise –
seine Seele kam zur Ruh.
Doch so manchem braven Engel
schlug das auf den Magen.
Es entstand ein leicht Gequängel.
Wie kann man für so einen bürgen!
Nun, das schafft' er – könnte man wohl sagen –
nur mit Hängen und mit Würgen.

DER FREUDLOSE DEZEMBER

Der freudlose Dezember quält die lahmen
Tage mit trüber Schwermütigkeit.
Sein bekümmerter Blick lässt es schon ahnen:
Er hält sich für den Schnee längst bereit
welcher ungerührt auf sich warten lässt.
Dem Dezember ist elend zumute.
Seine Gestalt – vom Regen ganz durchnässt –
ist gar erbärmlich. Bedauernswert, der Gute.

Je später der Winter, desto schöner die Flocken?
Dem Dezember geht das entschieden zu weit.
Er bleibt nur trist in seiner Ecke hocken
traurig darüber, dass es nicht schneit.
Die Sonne selbst kam, um ihn zu erheitern
auch viele Vögel mit prächt'gem Gesang.
Doch ließ er sie allesamt gleichmütig scheitern –
auch den Wind, flattierend im Überschwang.

Doch dann eines Tages – er hielt's kaum für möglich –
tanzte ihm der Zackenfirn auf der Nase herum.
Der Dezember reagierte allerdings gar nicht versöhnlich
denn es war sein letzter Tag – ach, wie dumm!
Verdrießlich, voll bitterer Eifersucht
schmollt der Dezember und kann es nicht fassen.
Doch so sehr er sich ärgert und schimpft und flucht –
die Schneelandschaft muss er dem Januar überlassen.

UNGLÜCKLICHE VERWANDTSCHAFT

Himmel, Gesäß und Nähgarn!
Warum musst du dich mit mir verschwägern!
Mein Fleisch und Blut hast du erwählt
und dich mit meinem Bruder vermählt.

Was ist bloß mit dir geschehen!
Du begannst dich nach ihm umzudrehen
und bald drauf warst du seine Dirn.
Himmel, Arsch und Zwirn.

DER SCHMIED

Er wollte nie im Becken schwimmen
oder im Fluss, mit dem Strom.
Er wollte brennen, nicht nur glimmen
als Schöngeist frei sein, autonom.

Er wollte niemand Schmerz zufügen
keinen Kummer und kein Leid
wollt' sich und and're nie belügen.
Und hasste Eifersucht und Neid.

Er wollte niemals falsche Zecher
die in der Krise doch nichts wert.
Wollt' kein Held sein und kein Rächer.
Er bliebe gerne unversehrt.

Er wollte neue Wege gehen
die man vor ihm nie beschritt.
Sich niemals nach dem Winde drehen
auch wenn die Lage ihm entglitt.

Er wollt' den Fluss nie überqueren
hüpfend schnell von Stein zu Stein.
Wollt' dagegen sich verwehren
ängstlich oder feig zu sein.

Er wollt' sich nie im Kreise drehen.
Täglich in der gleichen Rinne
dem Leben mutlos nachzusehen –
das war nicht in seinem Sinne.

Nun wusste er, was er nie wollte
und sah, dass er es doch bekam.
Und dass sich dran nichts ändern sollte
passt' ihm gar nicht in den Kram.

Doch wollt' er nicht darüber klagen
was das Schicksal ihm beschied
er war ja, wie die Dinge lagen
– wie jeder Andere sozusagen –
seines Glückes eig'ner Schmied.

Der Esel im Smoking

Den Esel stören, seit er geboren
nicht nur seine langen Ohren
nein, sondern sein größtes Leid
ist sein graumeliertes Kleid.
So beschloss er in die Stadt zu laufen
um einmal richtig einzukaufen
das Schicksal stellend auf die Probe
mit einer neuen Garderobe.
Es kam so wie es kommen musste:
Der Esel, eben der Bewusste
kaufte Smoking, Schuhe, Hut
und zog es an. Es stand ihm gut.
Doch plötzlich lachten alle Leute.
Ob er des Wahnsinns fette Beute?
Auch wenn er sich mit Duft einriebe –
ein Esel stets ein Esel bliebe.
Dem Esel ging das wohl zu weit
drum in verletzter Eitelkeit
beschloss er sogleich zu brillieren
und in Lateinisch zu parlieren.
Doch zu seinem eig'nen Graus –
Mehr als »I-Aah« kam nicht raus.
Ein Smoking – selbst aus feinem Zwirn –
ersetzt halt doch kein Spatzenhirn.

DIE MÜCKE UND DER ELEFANT

Irgendwo in fernen Landen
auf irgend einer kleinen Brücke
sich lautlos gegenüber standen
der Elefant und eine Mücke.
Moment – das heißt, nur einer stand –
der große, schwere Elefant.
Die Mücke – das ist hervorzuheben –
tat nicht stehen, sondern schweben.
Während die Mücke also schwebte
und der Bimbo auf dem Boden klebte
tat man sich darüber streiten
wer wohl darf als Erster schreiten
über jenen engen Steg.
Stünd man gegenseitig sich im Weg.
Ihr Problem, das triviale
– weil sie so beharrlich schmollten –
blockierte dazu auch noch alle
Anderen, die über die Brücke wollten.
Der Grund, warum sie es nicht schafften
– weshalb sie dort noch Stunden standen –
lag darin, dass beide machten
aus der Mücke einen Elefanten.

LIBERAL

Die Hühner hatten einst gestritten
über Ordnung und Gedränge.
Denn sie standen grad inmitten
ihres Stalls. Dort herrschte Enge.

Ein Huhn verkündet: »Hört mal her!
Was fehlt, das nennt man *Liberal*.
Die Übersetzung fällt nicht schwer:
Freiheit für den Hühnerstall!

Heisst: Jeder kann tun was er will.
Jeder darf sich frei bewegen.
Jedes Huhn darf ohne Drill
sein Ei wohin auch immer legen.«

Man geht zur Tür, ganz resolut
sperrt sie auf und lässt sie offen.
»Wir wollen Freiheit, absolut!
Dass ihr dran denkt, das bleibt zu hoffen!«

Da schreitet durch die Tür ganz leis
der Fuchs. Steht mitten unter ihnen.
Und jedes von den Hühnern weiss:
Er brauchte sich nur zu bedienen.

So ist's nun mal bei *Liberal*:
Schreibt man sich's groß aufs Fähnchen
für Freiheit zu plädieren im Stall –
dann gilt diese nicht nur für Hähnchen
sondern (und das war hier die Crux)
vor allem für den schlauen Fuchs.

DIE KUH

Sie flaniert gern durch die Landen
wiederkäuend längst Verdautes.
Ihr Stolz kam ihr noch nie abhanden
und ihr »Muuh« ist gar ein Lautes.

Wo immer sie sich aufgehalten
hinterließ sie ihre Spur.
Vorsicht ließ sie niemals walten –
wahrlich, eine Frohnatur!

Schon wieder beginnt's im Darm zu wallen –
da lässt sie einen warmen Fladen
geräuschvoll auf den Boden fallen –
dreht sich dabei nicht mal um.
Erleichtert denkt das Publikum:
»Zum Glück gab's keinen größeren Schaden.«

So lang sie lebt, man kann sich's denken,
können wir sie nicht dran hindern,
mit Fäkaldünger uns zu beschenken.
Auch die Menge wird sich nicht vermindern.
So ist's nun mal bei dummen Rindern.

ANGEBISSEN

Einst ein Mann war sehr bereit
zu spähen nach holder Weiblichkeit
die ihrerseits – was man ja darf –
längst ihre Angel nach ihm warf
in deren Köder er beflissen
sogleich hat hineingebissen
wonach Mann – wie man ihn gut kennt! –
Eroberer sich gerne nennt.

Perle vor die Säue

Die Bäuerin zog auf allein –
man könnte sagen, nur zum Spaß –
ein großes, fettes Mutterschwein
das sie sehr liebte und nie aß.
Letzteres galt jedoch nur
für besagte Sau alleine.
Ansonsten – und da war die Gute stur –
fraß sie gern die kleinen Schweine,
die ab und zu die Sau ihr warf.
Je nach Hunger und Bedarf.
Sie sang dabei wie eine Merle
und war auch sonst die reinste Perle.
Eines Tages ist's passiert,
dass es die Perle ungeniert
wieder tat nach Ferkeln lüsten.
Sie begann sich auszurüsten
mit des Metzgers Mordwerkzeugen.
Wollt sich grad nach dem Frischling beugen
als just in diesem Augenblick
sie rutschend fiel. Und brach's Genick.
Da lag sie tot und sehr alleine
im Futtertrog, gedacht für Schweine.
Das ungerührte Borstenvieh
dacht' sich nur: »Das gab's noch nie!«
Und begann sich still zu freuen.
Da lag die Perle vor den Säuen!

LABYRINTH

Nimm hin den Faden durch das Labyrinth
das schrecklicher als jenes alte ist
in dessen ausweglosem Pfadgewind
ein scheußlich' Ungeheuer den Wanderer frisst.

Denn hier, mein Freund, schreckt dich kein greulich' Tier
hier trägt der Drache menschliche Gestalt!
Hier ist die Schlange Weib, der Teufel Kavalier
hier tun dir Glanz, Tanz, Farb' und Duft Gewalt.

Hier ist die Sitte Kuppler, die Freundschaft Seelverkäufer
die Treue Falschmünzer und die Unschuld Werber
der Busenfreund Spion, die Ehre Überläufer
die Lilie trägt am Hut stolz der Verderber.

Mit Rosen deckt sich hier schamlos die Schande
von Veilchen duftet hier die feile Pest.
Der sichere Weg streift am Höllenrande
und über'm Abgrund hat die Tugend ihr Nest.

Du wagst dich hin? Gott stärke dich zum Helden
und mach' für Sünd dich taub, blind und lahm!
Möge er diese Zeilen Lügen schelten
und dir wieder geben, was man dir nahm.

Hast du je geliebt?

Das erhebendste aller Gefühle
ist die Liebe, sagtest du wohl.
Es klingt wie das Klappern einer alten Mühle –
eintönig, abgedroschen und hohl.
Hast du denn ihre Stätte je gesehen
weit oberhalb der Stratosphäre?
Dort wo wilde Orkane wehen
wo der Sitz des erhabensten aller Altäre?
Was wir sind und was wir haben –
müsste man dich dazu zwingen
als adäquate Opfergaben
es dort oben der Liebe darzubringen?
War es denn auch dein Begehren
deine Sehnsucht und dein Traum
sich nach ihr nur zu verzehren
bis zum Tod sogar? Ich glaube kaum.
Sie ist heller als das Sonnenlicht
und größer als die Ewigkeit.
Erblicktest du ihr Angesicht?
Fühltest jemals ihr Geleit?
Legtest du dein Leben in ihre Hände
und bekamst dafür was dir sonst niemand gibt?
Waren bedeutungslos dann alle Umstände?
Nein? Dann hast du nie geliebt.

Nichts

Nichts macht fröhlicher als Lachen.
Nichts macht glücklicher als ein Kuss.
Nichts ist geheimnisvoller, als zu erwachen.
Nichts ist sinnlicher als der Genuss.
Nichts ist heller als die Sonne.
Nichts ist schöner als das Leben.
Nichts ist süßer als die Wonne.
Drum sollte man auch nach Nichts streben.

RÜCKFALL

Ein letzter Blick, rein retrospektiv
ein Schritt nach vorn, sehr resolut!
Beherztheit wirkt nicht affektiv.
Kein Harm, kein Schmerz und keine Wut.

Ein letzter Blick, verständnislos
wegen dem Zwang, der jetzt besiegt.
Versetzt der Seele einen Stoß
bevor die Tatkraft noch verfliegt.

Ein letzter Blick, du willst ihn nicht –
doch könnte er dir jetzt noch schaden?
Bist weder gram, noch drauf erpicht
in verklärter Nostalgie zu baden.

Ein letzter Blick, nur leicht betrübt
verweilst wieder diesen Tick zu lang –
schon hat die Sucht ihren Streich verübt.
Warst abermals ihr leichter Fang.

DIE LIEBE UND DER TOD

Wenn Lippen und Augen einander widersprechen
wenn Worte mit Gedanken liegen im Krieg
wenn man beginnt sein Versprechen zu brechen
wenn man wenig sagte und das meiste verschwieg
wenn man ist nur auf seinen Vorteil bedacht
wenn man der Seele Gefühle verbot
wenn Verschlagenheit über Begeisterung lacht
dann fand die Liebe den Tod.

NACHGESCHMACK

Ich stehe im Garten, sinne und träume
einen außergewöhnlich schönen Gedanken.
Warmer Wind spielt mit den Blättern der Bäume.
Will nie mehr an falscher Liebe erkranken.

Fühle plötzlich deine Hand, unsichtbar und kühl
die sich scheinbar zärtlich auf meine Schulter legt.
Die Wärme der Sommernacht weicht einem Gefühl
der Beklommenheit, das düstere Gedanken hegt.

Mit einem Ruck schüttle ich, eiskalter Hund,
deine Hand wieder ab. Erhol mich vom Schrecke.
Und die bittere Galle in meinem Mund
spucke ich einfach in die Hecke.

Letzter Gruss

Mir ist, als hätt' ich dich gehört!
Dein Atmen glaubt' ich zu vernehmen
das jetzt meine Andacht stört.
Mein Sinnen über seichte Themen.

Ich habe dich nur kurz gesehen.
Auch du hast flüchtig hergeschaut.
Deine Augen sah ich bittend flehen
und auch dein Herz schrie furchtbar laut.

Mitleid hat mich tief gerührt.
Ich fand dich recht erbarmenswert.
Mehr hab ich leider nicht gespürt.
Damit hätten wir das auch geklärt.

Das Regime

Dichter Vorhang aus Eisen
Käfig nicht mal aus Gold
sogar gedankliche Reisen
sind absolut nicht gewollt.

Verstohlene traurige Blicke
auf sonnige fremde Welten
fesselnde grausame Stricke
mich Tag für Tag pausenlos schelten.

Augen bewaffneter Wächter
erniedrigend mustern mich stets
militant strenge Verfechter
zerstörenden Seelenprolets.

Primitiv marode Gesinnung
dem Schöngeist entzieht seinen Platz
verbreitet geladene Stimmung
und bietet ihm keinen Ersatz.

Versuche die Zeit zu verkürzen
den Freigeist ins Jenseits zu retten
das eiserne Regime will ich stürzen
den Herrschersitz aus Bajonetten.

VERZEIH

Ich hab dich verletzt
ins Herz dich getroffen
du warst nicht entsetzt
ließest es offen
ob ich mich besänne
den Weg zu dir fände
oder ob ich verbrenne
mir meine Hände.
Du liebtest mich gütig
mit ganzem Herzen.
Ich ließ dich leichtblütig
für dreißig Sesterzen.
Leid und auch Kummer
fügt' ich dir zu.
Ich Esel ich dummer!
Wann kommst du zur Ruh?
Du warfst mir nie vor
was ich hab zerstört
liehst mir dein Ohr
warst nie empört
über die Worte
von Ichsucht geprägt
die im Mezzoforte
ich unüberlegt
und blind von mir gab.
Vergaß Edelsinn
nutzte dich ab.
Und du nahmst es hin.
Verzeih mir die Sünde
die ich begangen
es gab keine Gründe
dir abzuverlangen
ein solches Opfer –
zumindest nicht
für einen Sprücheklopfer

nein, nicht für mich.
Ich würd', wenn ich könnte –
oh wär' es nur möglich –
die schönen Momente
die wir beide fröhlich
und heiter genossen
gern wieder erleben.
Ich hab dich verdrossen.
Kannst du mir vergeben?

GEHEIMNISVOLL

Meisterlich im Inszenieren
anmutig, zerbrechlich, zart
nicht bereit sich zu verlieren
unerbittlich, willensstark.

Ehrlich, und dann wieder nicht
lächelnd, voller Zuversicht
anhänglich, und doch autark.

STERNSCHNUPPE

Sie leuchtet kurz und helle auf
ist um Aufmerksamkeit sehr bemüht.
Hofft sie doch insgeheim darauf
gesehen zu werden, bevor sie verglüht
um – vielleicht nur einen Wunsch erfüllend –
zu bringen jemandem ein wenig Glück.
Sich danach wieder in Dunkelheit hüllend
kehrt sie als Staub in die Ewigkeit zurück.

Feuer und Eis

Glühend helle Feuerflammen
leidenschaftlich brennend heiß
züngelnd an der Mauer schrammen
weiß und dick, aus kaltem Eis.
Vergeblich ist wohl ihre Mühe
kalte Masse zu erwärmen
wenn auch von spät bis in die Frühe
sie in hellsten Farben schwärmen.
Es vermag nur ein Erlebnis
der Flammen Trübsal abzuwälzen:
Brächt die Hitze zum Ergebnis
dass das Eis begönn' zu schmelzen.
Irgendwann, im Lauf der Zeit
verschwinden alle Feuerflammen.
Das einzige, was ihr noch bleibt –
sie wird es ächten und verdammen –
ist eisig nasser Graupelschauer.
Arme kalte Packeismauer!

SILENTIUM

Schweigend sahen sie sich an.
In Worte war eh nicht zu fassen
was jeder stumm in sich ersann.
Und beide begannen zu erblassen.

Irgendwann erkannten sie
Silentium als ihr Verhängnis.
Und noch immer schwiegen sie.
Und brachten sich so in Bedrängnis.

Bevor sie auseinander gingen
reichten sie sich wortlos Hände.
Nichts könnt sie mehr zusammen bringen.
Denn sie waren schon immer Fremde.

Die erste Begegnung

Er sah sie, er traf sie
in einem Cocktailhaus.
Dort saß sie, er aß sie
mit seinen Blicken auf.

Es war schon spät
(ich mein nicht die Uhr
ich meine das Jahr
ganz nebenbei nur).

Sie saß dort am Tisch
lächelte süß
und rein akustisch
saß er im Verließ.

Er hörte kein Wort
auch die Musik nicht
mitten im Lärmen
träumte er friedlich.

Sein dümmlich' Lächeln
fiel ihr nicht auf
und – welch ein Glück!
auch nicht worauf
er ständig starrte.
Denn von ihrer Warte
aus gab es ihn nicht.
(Er hatte ziemlich
viel Übergewicht.)

Der Abend ging rum.
»Adieu und gut' Nacht!«
Er nickte nur stumm.
Man hat den Verdacht
er war drauf versessen
sie wieder zu sehen.
Sie hat ihn vergessen.
Wie unangenehm.

SILVESTER

Weißer Schnee bedeckt die Erde
die in sanfter Stille ruht.
Sie duldet ganz ohne Beschwerde
der Flocken tanzend' Übermut.

Himmelsgewölbe drückt die Luft
die gelassen bleibt und kühl
versprühend ihren Abendduft
verursacht süßes Schmerzgefühl.

Funkelnd dienen tausend Sterne
hinter seidener Wolkendecke
gleißend aus endloser Ferne
dem erhabensten aller Zwecke.

Dort oben versuchen bunte Girandolen –
man vermag sie nicht zu zählen –
in feurig frohen Kapriolen
mit den Sternen sich zu vermählen.

Schweigend bleiben wir noch stehen
versunken in süßlicher Melancholie.
Leider müssen wir wieder gehen.
Diesen Silvester vergess' ich nie.

DER FRÜHLING

Im schmutzigen Kleid des dahinscheidenden Winters
verharrt das Land in trauriger Scham.
Vom einstigen Schneeglanz wurde es hinters
Licht geführt, der – als er ging – ihm die Pracht wieder nahm.
Unrat und Schmutz blieben zurück
Kehricht und Dünger als mahnende Plage.
Ach, wär' doch geblieben nur ein kleines Stück
der Schönheit vergangener Tage!
Im herrlichen Kleide des edelsten Schneiders
naht schon die Rettung mit prachtvollem Schlepp!
Vorbei am verblüfften Gesicht manchen Neiders
hüllt er das Land in seidigen Krepp.
Bäume erblühen in üppigem Weiß
auf Teppichbrücken duftender Blumen.
Stare und Finken trällern. Und auf des Frühlings Geheiß
ertönt vom Cello der Hummel ein sonores Brummen.
Schmetterlinge taumeln schwerelos
im Rausch unbeschwerter Gefühle.
Jeder Sonnenstrahl scheint grandios
Diamanten zu streuen in Hülle und Fülle.
Allmorgendlich wird nasser Tau
in glänzendes Silber verwandelt.
Vergessen sind längst Kot und das Grau
die einst das Land haben verschandelt.

Rendezvous

Der Wald hüllt sich im Nebelkleide
verschlingend trübe Dunkelheit.
Unsichtbar ist sein Geschmeide.
Angehalten scheint die Zeit.

Einsam rufen weisse Lichter
deinen Namen in die Nacht.
Sichtbar nur die Angesichter
ungestillter Leidenschaft.

Nach dir verzehrt sich meine Seele
nach deinen Augen, deinem Mund,
wenn ich die ganze Nacht mich quäle
als schlüge meine letzte Stund.

Sollt' ich hier vergeblich warten?
Schon schwindet meine Zuversicht –
da fühlte ich schon deinen zarten
Blick auf meinem Angesicht.

Aus dem Dunkel kamst hervor
besiegtest die Unendlichkeit.
Und ich – bei Gott – sah nie zuvor
solch Anmut, solche Sinnlichkeit!

Aus deinem Innern helle Sonne
erfasste bald mein taumelnd Herz.
In deinen Küssen, welche Wonne!
Welch lieblich süßer, stiller Schmerz!

Unstillbar ist mein Verlangen.
Dein Duft umschmeichelt meinen Sinn.
Machtlos sah ich mich gefangen
in deinem Bann, von Anbeginn.

Mein Blick auf dir – welch Augenweide!
trinkt Leidenschaft erles'ner Trauben.
Berührung sanft wie Kästelseide
vermag den Atem mir zu rauben.

Die Zeit lief wie ein Grenadier
beschlich uns wie ein Ungeheuer.
Noch immer saß ich neben dir
in meinem Innern – welches Feuer!

Samtig brauner Augen Tiefe
grenzenloses Blumenmeer.
Selbst wenn ich jetzt im Tod entschliefe
so blieb ich ohne Gegenwehr.

FÜR DICH

Seit Bitterkeit dem Süßen wich
und Schatten unverhofft verschwanden,
seit Lust mich statt der Angst beschlich
und Leidenschaften wieder brannten
seit leises Flüstern mich beflügelt
mein Herz erfasst und meinen Sinn,
ich hemmungslos und ungezügelt
nicht Herr meiner Gefühle bin,
seit zarte Blicke sanfter Augen
die mein Blut zum Wallen brachten,
ich stets versuche aufzusaugen
um dann vertieft dahinzuschmachten,
seit Sinnlichkeit und Lebenslust
vermögen mich nachts wach zu halten,
seit sich in mir ganz unbewusst
begann der Dichter zu entfalten,
seit Sänger, Geiger, Pianist
galoppieren mit mir auf tausend Pferden –
seit dem weiß ich wie schön es ist
von dir, mein Herz, geliebt zu werden.

DER FLUCH

Begleitest mich mein Leben lang
wehrst erfolgreich Pfeile ab
mit denen mich das Glück beschoss.
Manch' bitteren Kanossagang
verdank' ich deinem Zauberstab
der mir das Leben so verdross.

Lass ab von mir! Ergreif' die Flucht!
Wann siehst du dich an Unglück satt?

Wo ist jene tiefe Schlucht
aus der man dich entlassen hat?

Begleitest mich mein Leben lang.
Und wenn auch verzweifelt ich versuch'
dich für immer zu verbannen –
lässt du bei meinem Grabgesang
erst von mir ab. Ein Fluch
geht selten freiwillig von dannen.

FIFFI

Fiffi war ein braver Hund
ein wahrhaft treues Wesen
beflissen, von des Menschen Mund
jeden Wunsch nur abzulesen.

Ein Flüstern hatte meist genügt
da stand der Fiffi schon bei Fuß
hat dieser ihm auch zugefügt
so manchen Tritt und Bluterguss.

Eines Tags geschah es dann
dass sich des Menschen bester Freund
der Freiheit und des Glücks besann
von dem zuweilen er geträumt.

Als er aus dem Garten lief –
was er ziemlich hastig tat –
ignorierte er des Menschen Pfiff.
Und dieser nannt' es Hochverrat.

Dann kam ein Schwall aus dessen Mund
im allergröbsten Mezzoforte –
es gäb' ja für den blöden Hund
Vokabeln nur von übler Sorte.

Doch bald verflog des Menschen Frust.
Den Schmerz tat schnell er überwinden.
Er war sich keiner Schuld bewusst.
Und wird bald einen neuen Fiffi finden.

WIDERSPRÜCHLICH

Wir sagen ja und meinen nein
wir woll'n was tun und lassen's sein
wir geben Gas und bremsen doch
welch unnötiges, schweres Joch!

Wir gingen gern mal neue Wege
doch sind wir dazu viel zu träge.
Entfachten gerne manches Feuer
wär's uns dann doch nicht ganz geheuer.

Wir täuschen Mut vor, und sind doch feig
durchdrungen wie von Sauerteig
leben wir unser Einerlei
und reden gerne um den Brei.

Wir wollen Ruhe, haben Stress
drauf angesprochen sagen kess
die meisten von uns: C'est la vie!
Willkommen, traute Apathie!

DAS EXPERIMENT

Meine Liebe zu dir, mein Kind
war nichts weiter als ein Haschen nach Wind.
Du bestreitest es wohl vehement –
und doch war ich für dich nur ein Experiment.

EINE DENKWÜRDIGE NACHT

Ich schickte mich an zu Bette zu gehen
da traf mich dein Blick. Ich blieb noch kurz stehen
und du bliebest sitzen. Ich kramte verstohlen
in meinen Sachen, dann auf leisen Sohlen
schlich das Hemmnis sich müde davon.
Nun saßen wir da. Und sprachen keinen Ton.
Nach kurzer Zeit fingst du bedächtig an
mir zu erzählen von einem Mann
der dich so liebte, der dich begehrte
der sich nach deinen Gedanken verzehrte.
Ich hörte dir zu, war wie gelähmt
du hast es bemerkt und gucktest verschämt.
Du sprachst über seine Lieder und Texte
die er für dich sang, die er für dich schrieb.
In mir schlugen tausend und zweihundert Äxte
und jedes Wort von dir traf mich wie ein Hieb.
Es war mir nicht möglich ganz zu ergründen
wie du und was du für ihn wirklich fühltest.
Ich hörte dir zu, du begannst dich zu winden
als ob du in Schränken nach Ausflüchten wühltest.
Ich schlug mich wohl tapfer, welch Heldenmut!
Du nahmst es gelassen und hörtest mich an,
während ich voll Zuversicht dachte, alles wird gut.
Die Stunden verrannen. Der neue Tag begann
sich über den Horizont auszubreiten. Er stieß –
wenn auch sanft – jene Nacht ins tiefste Verlies.
Und mit ihr mein verlorenes Paradies.

Übertrug der Äther diese Schallwellen wirklich? Oder geschah der Vorgang lediglich in der surrealen, fiktiven Phantasie eines vom Wunschdenken befangenen Gehirns? Nein, es muss real gewesen sein, was er damals vernahm und was in ihm ein Feuerwerk der Gefühle auslöste. Er glaubte sich am Ziel seines Traums, den er doch nie richtig zu Ende träumte – er wagte es nie, sich mehr herauszunehmen, als lediglich ansatzweise und nur für kurze Augenblicke bei diesem Gedanken zu verweilen, von dem er wusste, dass er – einmal zu Ende gedacht – sein gesamtes Selbst vereinnahmen und ausfüllen könnte, um schließlich eine neue Ära nie endenden Glücks einzuläuten.

Eines Tages muss es dann so weit gewesen sein, glaubt er sich zu erinnern. Er ließ nicht nur zu, den Gedanken zur Entfaltung kommen zu lassen. Er ließ sich vollends in den sehnsuchtsvollen Traum, dessen Erfüllung er schon vor seinen Augen sah und der schon zum Greifen nahe war, fallen, um sich von demselben wieder schwebend in die Höhe empor tragen zu lassen.

Manchmal trägt der Wind auch den Kehricht so nahe an den Himmel heran, dass er sich schon als ein Teil desselben sieht. Doch er bleibt das, was er ist – wertloser Staub, mit dem der Wind in grenzenloser Unberechenbarkeit sein willkürliches Spiel treibt und der irgendwann wieder auf den Boden fallen wird.

Auch er fiel auf den Boden – den Boden der Tatsachen. Er musste es erst realisieren, obwohl er die Realität nicht richtig verstand. Dabei hat er doch nichts anderes getan, als nur kurz zu träumen gewagt.

Die Hand

Bewegt wie von Geisterhand naht sich die Klinge der Brust. Es besteht kein Zweifel, dass sie in wenigen Augenblicken punktgenau die Stelle berühren wird, unter der ein Herz immer schneller pocht. Ihre Schärfe wird den Schmerz kurz verzögern, jedoch nicht verhindern können – was weder für sie, noch für die unsichtbare Hand eine maßgebliche Rolle spielt.

Die Stichwaffe wird langsam die Oberfläche der Haut durchbohren, Nerven und Gewebe durchtrennen, Muskel zerfetzen, um schließlich in das vor Angst rasende Herz zu stechen. Die Hand bleibt unerbittlich. Die Klinge des Dolchs bohrt sich tiefer und tiefer. Aus der Wunde ergießt sich schwallweise Blut. Ein letztes mal pumpt die Herzkammer Leben durch die Lungenarterie. Dann – Stillstand. Endlich lässt die Hand los.

Dann legt sie sich auf eine andere, fremde Hand, um sie zärtlich zu streicheln.

GESCHICHTEN

DER TROTTEL

Die Geschichte der Menschheit ist, entgegen der vorherrschenden Meinung, alles andere als eindeutig zurück verfolgbar. So behaupten die Theosophen, die Historie der Menschheit sei bis zu ihrer Singularität nachweisbar. Die Häresiearchen dagegen dissentieren und asserieren mit stolz geschwellter Brust und archäologischen materialen Hinterlassenschaften in der Hand, der Homo Sapiens sei die Vollendung eines Jahrmillionen andauernden Prozesses der Individuation. Seine Vorfahren, der Homo erectus, Homo faber, Homo ludens, Homo novus, Homo oeconomicus oder Homo sonst was, hätten ja bereits Merkmale aufgewiesen, die der vernunftbegabte Mensch der Neuzeit trotz Fortschritt und Spiritualität nicht ablegen kann, was den Philosophen und Staatstheoretiker Hobbes zu dem Schluss kommen lässt: »Homo homini lupus.« Der Mensch ist dem Menschen ein Wolf.

Ganz gleich, welcher Philosophie oder Theologie man Glauben schenken mag, ist der Mensch ein einzigartiges Wesen. Charakteristisch für ihn sind sein aufrechter Gang und die Rückbildung des tierischen Haarkleids. Durch sein hoch entwickeltes, an Volumen vergrößertes Gehirn und die damit verbundenen Fähigkeiten, zu denken, zu sprechen und seine Umwelt zielgerecht zu verändern, ist der Mensch das höchstentwickelte Lebewesen der Erde. Nun tritt aber eine seltsame Erscheinung ins Rampenlicht. Es ist eine Subspezies des Homo sapiens, der Homo trottelus – oder umgangssprachlich schlichtweg auch Trottel genannt.

Der Homo trottelus tritt immer dort auf, wo immer der Homo sapiens ein Werk der Vollkommenheit, Schönheit, Perfektion und des Fortschritts errichtet hat. Er okkupiert unsystematisch das Territorium, um es wieder langsam intentional zu infiltrieren. Dabei sind es nicht die Eigenschaften wie Aggression und Hostilität oder gar ein Hang zum Wandalismus, die den Trottel zu seiner Handlungsweise zwingen. Es ist vielmehr eine heitere Gelassenheit, gepaart mit Gleich- und Sorglosigkeit und garniert mit einer ordentlichen Prise Selbstüberschätzung, die seinen typischen Charakter prägen.

105

Er ist nicht immer auf Anhieb erkennbar – das macht es dem Homo sapiens so schwer, Präventivmaßnahmen gegen den Homo trottelus zu treffen und somit den Schaden gering zu halten. Der Trottel gibt seine wahre Identität erst dann preis, wenn er bereits in einem mehr oder weniger organisierten Umfeld mit einer wie auch immer gearteten Aufgabe betraut wird. Bis dahin versteht er sich meisterhaft darauf, seine Wesenszüge zu camouflieren.

Doch wehe, wenn der Homo trottelus in Aktion tritt! Sein planloser – und vielleicht gerade deshalb so genialer – Feldzug wider die Vernunft wirkt auf den Homo sapiens lähmend. Er ringt sich allenfalls zu einem ungläubigen Immens durch und ist nicht in der Lage den Kampf mit seinen doch recht probaten Mitteln wie Logik, Eubulie und Ratio, aufzunehmen. Der Logokratie bleiben so im Lauf der Zeit lediglich Enklaven, die sich jedoch auf Dauer ebenfalls nicht behaupten können. Dabei ist der Homo trottelus zu keiner Stipulation, zu keinem Arrangement zu bewegen. Warum sollte er auch, wenn doch die Gründe hierfür seinem Geist für immer versagt bleiben! Es ist ihm weder apriorisch noch aposteriorisch möglich, eine Konklusion zu ziehen.

Der Trottel manifestiert sich in den häufigsten Fällen in seiner Funktion als Ehemann. Die Institution Ehe bietet ihm ein paradiesisch unerschlossenes Betätigungsfeld. Begünstigt wird sein Wirken durch die Diabolik seiner Xanthippe, die ihr wahres Wesen in ihrer Entwicklungsstufe als Ische ebenfalls perfekt zu verbergen vermochte. Sie bereitet dem Trottel ein wahres Biotop. Er beginnt meistens mehrere Projekte synchron, da es ihm ein Leichtes ist, in allen parallel zu wirken. Im Laufe der Zeit beginnt er sich auf ein bestimmtes Gebiet zu spezialisieren und dort seine Potenz zu perfektionieren. Davon leiten sich die Unterarten bzw. Steigerungsformen des Homo trottelus ab: Homo idiotus, Homo vollidiotus, Homo kretinsis, Homo blödian, und so cetera.

Täglich begegnen wir – ob bewusst oder unbewusst – einem Trottel. Man sieht ihn par exemple auf der Straße im sicheren Abstand mit Einkaufstüten bepackt hinter seiner Gattin herlaufend (fachmännisch: hertrottelnd). Oder wir sind zu Besuch und sehen ihn am

Herd stehend, den Tisch deckend, den Abfall hinaus tragend oder bügelnd, während seine Frau gebieterisch die Peitsche schwingt. Wir bewundern ihn im Fernsehen, wo er klatschend im Hintergrund steht, während sich seine Frau als Senatorin feiern lässt. Er sitzt uns vielleicht in einer Besprechung gegenüber und schreibt das Protokoll. Möglicherweise steht er auf der Bühne einer Pagode und hält einen Vortrag über die Ehe. Oder er steht in einer leeren Wohnung, weil ihn seine Frau samt Kindern verließ, nachdem er ihr völlig unmotiviert einen Seitensprung beichtete, und sie es spornstreichs nicht versäumt hat, dafür zu sorgen, dass er am Ende ohne einen Kreuzer dasteht.

Leider finden wir den Homo trottelus auch an wichtigen, gesellschaftstragenden Positionen in Aktion. Wenn die S-Bahn Verspätung hat, ein Fußballverein ein wichtiges Spiel verliert, eine Bank Konkurs anmelden muss, oder ein Computer unvermutet seine Dienste versagt: Dahinter steckt meist ein Trottel. Wir sind von ihnen umgeben. Sie rauben uns die Luft zum Atmen. Und wir können sie nicht einfach atomisieren. Wir können nur hoffen, dass keiner von uns einer Mutation zum Opfer fällt und sich irgendwann einmal selbst zum Trottel macht.

Die Lehre vom Schall brachte uns die endgültige Erkenntnis: Die Geräusche, die unser Sprachzentrum verlassen, gibt es tatsächlich. Wir gehen ganz locker und lässig damit um, und das seit unserer Geburt. Wir machen uns die Akustik zunutze und setzen sie gnadenlos ein, um unsere Ziele zu erreichen. Oder wem klingt nicht das ohrenbetäubende Geschrei eines Kleinkinds noch stundenlang in den Ohren nach, das mit Nachdruck darauf hinweisen wollte, dass es im Moment nicht viel davon hält, sich mit albernem Spielzeug zu beschäftigen, im Fernsehen Teletubbies zu bewundern oder genmanipulierte Babynahrung in sich aufzunehmen?

Im Laufe der Zeit entwickelt jenes Kind den Umgang mit den Tönen bis hin zur Perfektion. Es vermag Worte zu formulieren, sie in Sätze zu verschachteln und diese dann bei passender Gelegenheit vom Stapel zu lassen. Hierin stehen sich männliche und weibliche Kinder gewöhnlich in nichts nach. Doch im Erwachsenenalter vollzieht sich eine merkliche Trennung. Der Mann bleibt auf der Entwicklungsstufe »Sachliche Wortformulierung mit dem Ziel, sich mitzuteilen« stehen, während sich die Frau autodidaktisch fortbildet. Sie strebt zielsicher den Dienst an der Waffe an, und als Waffe gebraucht sie das gesprochene Wort.

Je nach Bedarf kann sie ihre Worte in tödliche Kampfinstrumente verwandeln, selbst in solche, die sich ein Mann – bekanntlich sind ja Männer die Erfinder der echten, handfesten Waffen – nie hätte ausdenken können. Und sie trifft damit immer. Ob ein Stich mit dem Stillett, ein Schuss aus der handlichen Pistole oder die Einschläferung durch ein schleichendes Gift: Die Frau verwendet ihre Worte in geübter Perfektion. Freilich verlässt manches Wort ihre Lippen, dessen Sinn nicht eben gerade von Logik gekennzeichnet ist. Doch das ist nur Tarnung. Der (männliche) Zuhörer will – sich ob der eben vernommenen augenscheinlichen Sottise in endloser Überlegenheit wähnend – schon seine Mundwinkel zum mitleidvollen Lächeln verzerren, da trifft ihn schon der Pfeil mitten ins Herz. Das Schlimmste daran ist, es gibt keinen wirksamen Schutz dagegen. Irgendwann wird selbst dem hartgesottensten Mann klar: Auf dem Gebiet der emotionalen Intelligenz hat er keinerlei Gewinnchancen. Nicht dass die Frau das Wesen mit den tieferen Emotionen wäre, oh nein! Sie kann lediglich fremde Gefühle besser manipulieren, während sie ihre eigenen gut verschlossen in einem Tiefkühlfach lagert. Fänden Kriege auf rein verbaler Ebene statt, die Sieger wären stets die Frauen.

Nicht zu vergessen sind auch die sprachlichen Bedeutungsträger, die eine Frau zum Zwecke der Irreführung gebraucht. Man lasse sich auch nicht durch ihren naturgegebenen Augenaufschlag und das honigsüße Lächeln täuschen. Der Gegner – eben noch selig und verzaubert durch eine Beteuerung, Liebeserklärung, ein Versprechen oder dergleichen – bemerkt erst dann, dass er auf ein totes Gleis geführt wurde, als es für ihn zu spät ist.

Was bleibt also dem armen Manne? Er kann nur präventive Maßnahmen ergreifen, indem er sich auf Wortgefechte mit einer Frau erst gar nicht einlässt und den offenen Konflikt meidet wie ein Vampir den Knoblauch. Bei beteuernden Worten möge er sich schnellstens in den Sinn rufen, dass sie dieselbe Wirkung haben, wie der unwiderstehliche Gesang der Sirenen – dreier jungfräulicher Schwestern aus der griechischen Mythologie –, durch den vorüberfahrende Seeleute in eine tödliche Falle gelockt wurden. In einem solchen Fall sollte der Mann immer wieder leise und gebetsmühlenartig das Mantra murmeln: »Es sind nur Worte ... Es sind nur Worte ... Es sind nur Worte ...«

Vielleicht hilft's.

Als ich ein kleiner Junge war, hat man mir stets eingebläut, gut auf meine Zähne zu achten. Dazu würde gehören, sie mindestens achtmal täglich zu putzen, zwölfmal im Jahr dem Zahnarzt und einunddreißigmal im Monat der schwer bewaffneten Mutter zu zeigen. Trotz, oder gerade wegen dieser paramilitärischen Dental-Erziehung, geschah es, dass ich eines schönen verregneten Sonntagnachmittags fürchterliches Zahnweh bekam. Niemand glaubte mir, dachte man doch, ich würde meine Schmerzen nur als eine üble Ausrede gebrauchen, um nicht bei Tante Klara und ihrer debilen Tochter, meiner Kusine Mimi, Kaffee trinken zu müssen.

Nachdem ich begann, meine Suizidgedanken laut zu äußern, begann auch mein Vater seinerseits nachzudenken und setzte sich wider Erwarten gegen die normalerweise dominante Mutter durch. Wir fuhren im städtischen Klapperbus der Linie 6 in eine dieser gut ausgerüsteten tschechischen vorrevolutionären Zahnkliniken, die gleichzeitig als Versetzungs-Exil für regimekritische, frustrierte und aggressive Dentisten dienten. Dort angekommen, wurden wir sogleich von einem Irren überfallen, der mich an einen Stuhl fesselte, mir mit Gewalt meinen Kiefer aufstemmte und damit begann, mir Eisenwerkzeuge in den Rachen zu rammen. Dabei verlor ich einen Zahn. Später erfuhren wir, dass es ein diensthabender Zahnarzt war und dass er mir kurzerhand den falschen Zahn gezogen hat – Minuten später hat er nachgebessert und so verlor ich an jenem Tag zwei Zähne, das Vertrauen in die Schulmedizin, jedoch nicht meine Schmerzen.

Da Letztere auch am Montag nicht nachließen, meldete ich leise meine Zweifel an dem Eingriff vom Vortag an. Doch da mein Vater zur Arbeit gegangen war und meine Mutter dies wiederum als eine faule Ausrede abgetan hatte, nicht zur Schule gehen zu müssen, war ich ihrer übermächtigen Willensstärke gnadenlos ausgesetzt und musste letztlich doch zur Schule. Meine Lehrerin war eine gute Lehrerin. Nicht dass sie uns Wissen vermitteln konnte – das war auch nicht das erklärte Ziel tschechoslowakischer sozialistischer Lehrkräfte – aber sie erkannte sofort, ob jemand simuliert, oder ob seine Schmerzgrenze erreicht ist. Ein Blick von ihr, und sie wusste, dass letztere bei mir schon weit überschritten war. Da sie als Pfadfinderführerin noch keine gute Tat an diesem Tag vollbracht hatte, schickte sie mich zum Zahnarzt.

Herr Doktor Preclik war ein guter Dentist. Doch ausgerechnet heute war nicht sein Tag, was ich zu spüren bekam. Er stocherte in den klaffenden Zahnlücken und befand, dass alles in Ordnung wäre. Den Besuch verschwieg ich zu Hause, mochte ich mich doch nicht als Schwächling outen, wodurch ich die ganze Familie in eine schwere Krise gestürzt hätte. Doch die Schmerzen blieben. In jener Nacht schwoll mein Kiefer derart an, dass zwischen Ober- und Unterkiefer höchstens noch zwei Blatt Papier gepasst hätten. Zwischen mir und einem Elefantenmenschen bestanden mittlerweile seelisch und physisch nur unwesentliche Unterschiede.

Wir fuhren in eine Klinik. Die frustrierten diensthabenden Schwestern mitsamt ihrem Arzt fühlten sich bei ihrem Schäferstündchen gestört und bestrichen meinen inzwischen doch sehr stark angeschwollenen Kiefer mit einer Paste – ich vermute, es war russische Kalbsleberwurst. Auf dem Weg nach Hause überkam mich zwar ein Gefühl der Erleichterung, allerdings eher psychosomatischer Art und basierend auf dem Placebo-Effekt der Streichwurst. Die Schwellung blieb und ich konnte keine feste Nahrung mehr zu mir nehmen. Getrieben von ihrem schlechten Gewissen rannte meine Mutter aus dem Haus, wild entschlossen, sich an der nächsten Schlange anzustellen und irgendetwas Außergewöhnliches anzuschleppen, um von ihren grausamen und sadistischen Wesenszüge abzulenken. Nach vier Stunden stand sie in der Küche – mit einem Strauß überreifer, matschiger, brauner Bananen, was für die damaligen Verhältnisse eine Rarität war. Meine Freude war trotz der Schmerzen groß – ich presste mir das Zeug durch die Zähne und lernte die seltsame Mischung aus Lust und Pein kennen.

Am Nachmittag fuhren wir dann wieder in die Klinik, aus der mich die diensthabenden Proletarier, die in ihrem Fünfjahresplan in Sachen Belegbetten von der Zielvorgabe meilenweit entfernt waren, nicht mehr herausließen. Ich musste eine Art Häftlingsklamotten anziehen und wurde in eine Zelle gesteckt, die voll war von schreienden kleinen Ungeheuern in meiner Größe. Ich musste mir Beschimpfungen aller Güteklassen gefallen lassen, bis ich – getrieben von der explosiven Mischung aus Schmerz und Wut – dem größten und lautesten Ungeheuer die geballte Faust ans Sprachorgan schlug. Von da an glich der Krankenhaus-Aufenthalt einem Erholungsurlaub – bis der Tag kam, an dem ich operiert werden sollte. Wohlweislich hat man mir nichts davon gesagt, so dass ich gutgläubig und nichtsahnend in den OP geschoben wurde.

Blitzschnell packten mich die Gefängniswärter, fesselten mich an Armen und Beinen und rammten mir ein Dutzend Spritzen in Körperteile, die ich bis dahin gar nicht kannte. Bis heute frage ich mich, was beispielsweise die linke Pobacke mit meiner Kieferentzündung zu tun hatte. Kurz bevor mir merkwürdig schwummrig wurde, sah ich das Gesicht eines Menschen, das ich nie vergessen werde: Die Visage von Doktor Preclik. Mein verzweifelter Blick wurde von ihm kalt lächelnd erwidert, ich konnte nicht einmal machtlos zusehen: Meine Augenlider wurden schwer wie Blei und ich entschlief ganz kurz. Einen Augenblick später öffnete ich meine Augen wieder und mir wurde klar, dass die OP geglückt war, zumindest lebte ich noch. Was ich zum damaligen Zeitpunkt nicht wissen konnte: Die Narbe wird mich für immer zeichnen. Doktor Preclik verschwand – vielleicht deshalb – für immer aus meinem Leben.

Seither sind Jahrzehnte vergangen. Doch das gestörte Verhältnis zu Zahnärzten begleitet mich treu. Mit 16 schlug ich – inzwischen ins Schlaraffenland umgezogen – einem rumänischen Asylanten, der hierzulande aus unerklärlichen Gründen eine Zahnarztpraxis eröffnen durfte, seine mörderischen Instrumente aus der Hand, nachdem er darauf bestand, mich ohne Betäubungsspritze zu behandeln. Noch heute sehe ich seinen irren Blick, das gefährliche Flackern in seinen Augen, dieses sadistische Securitate-Grinsen. Nachdem ich die Räumlichkeiten fluchtartig verließ, lief ich zwei Jahre mit dem gebohrten Loch im Zahn herum – die angemachte Füllung strich sich Mr. Ceaucescu wohl in sein spärliches Haar.

Nun laufe ich bis heute mit durchlöchertem Gebiss, einem Kindheitstrauma sowie Heißhunger auf Schokolade durchs Leben – eine fatale Kombination. Sollte Ihnen also irgendwann ein junger Mann begegnen, der gutaussehend, sportlich, durchtrainiert, intelligent, witzig, künstlerisch begabt, musikalisch, sexy, sanft, romantisch, treuherzig, stark, jedoch aufgrund seines dentalen Zustands schlichtweg lebensunfähig ist, denken Sie scharf nach. Wenn Sie Mensch sind, haben Sie Mitleid mit dem armen Kerl. Wenn Sie Zahnarzt sind, laufen Sie um Ihr Leben.

MEIN ERSTER FLUG

Es gibt Menschen, die jeglichen innovativen Gedanken ins Reich des Überflüssigen und Vermeidbaren verbannen. Ich für meinen Teil finde derartiges Gedankengut zersetzend und rückständig. Wo wäre denn die Welt heute, wenn es keine Menschen gegeben hätte wie Albert Einstein, Werner von Siemens, Thomas Alva Edison, Alexander Graham Bell, Johannes Gutenberg, oder Stefan Raab? Wir säßen in Höhlen, bräten uns Elefantenfleisch am offenen Feuer, und sähen uns Dalli-Dalli an – und zwar als Höhlenmalerei.

Deshalb lautet mein Lebensmotto: Alles was neu ist, muss nicht unbedingt schlecht sein. Ich verschließe mich keinem neuen Gedanken. Ich bin einer der Ersten, die ein neues Haarwuchsmittel ausprobieren, und auch einer der Ersten, die bei Ausbruch der daraus resultierenden, bisher nicht bekannten dermatologischen Nebenwirkungen eine Hauttransplantation mittels einer neuartigen Operationsmethode vornehmen lassen. Derartige Erfahrungen bereichern das Leben und erweitern den Erfahrungsschatz.

So ist für mich nichts in einer Unterhaltung lästiger, als zu wissen, dass mein Gegenüber auf jede von mir eingebrachte Novität mit einem gelangweilten »Ja, aber ...« reagiert, um mir im weiteren Verlauf des Gesprächs eine Predigt darüber ins Knie zu schrauben, wie sehr sich doch Altes immer wieder bewährt hat. Dabei war Altes irgendwann mal auch Neues, was auch auf besagten Gesprächspartner zutrifft, besonders wenn dieser irgendwann in den Nachkriegsjahren zum ersten Mal das Licht der Welt erblickt hat.

Um meinem Lebensmotto in vollkommener Weise frönen zu können, war es für mich unumgänglich, irgendwann einmal mit einem Flugzeug zu fliegen. Schon als Kind stellte ich es mir wunderbar vor, über den Wolken zu schweben, dort oben die Sonne scheinen zu sehen, ja die grenzenlose Freiheit beinahe ertasten zu können. Daher war es für mich eine große Freude zu erfahren, dass ich von meinen Vorgesetzten ausgewählt wurde, mit dem Flugzeug nach Hamburg zu fliegen, um dort an einer Konferenz teilzunehmen, nachdem alle anderen dafür in Frage kommenden Kandidaten verhindert waren. Endlich! Endlich könnte ich wieder etwas Neues erleben, etwas, wovon ich noch lange zehren würde.

Die Tage bis dahin zogen sich besonders in die Länge. Ich nutzte die Zeit dazu, mir einschlägige Literatur über das Fliegen zu besorgen und ausgiebig zu studieren. Besonders das Buch »Albatros. Der Fluch des Flugs seit der Flut – von Florian Fuchs« faszinierte mich, sah ich doch den Unterschied zwischen dem früheren, primitiven – und dadurch gefährlichen – Stand der Flugzeugtechnik und dem heutigen. Ich konnte dadurch das latent vorhandene, mulmige Gefühl in der Magengegend, das sich immer dann meldete, wenn ich an meinen bevorstehenden Flug dachte – das also praktisch permanent da war – sehr gut unter Kontrolle halten.

Fernsehfilme, die ich allabendlich ansah, betrachtete ich nun auch aus einem ganz anderen Blickwinkel. Was mir bisher gar nicht auffiel: In nahezu jedem Spielfilm, der etwas auf sich hält, wird ein Flug zumindest erwähnt, wenn nicht gar gezeigt. Man sieht dann gelangweilte Menschen, die entspannt in ihren Sesseln sitzen und sich mit ihrer Lektüre – vorzugsweise der »Financial Times« – beschäftigen. Von dem Flug an sich nehmen sie scheinbar keine Notiz. Genauso stellte ich mir die Realität vor. Obgleich es anscheinend Menschen geben muss, die allein beim Gedanken ans Fliegen unter Angstzuständen leiden. Begünstigt durch Katastrophenfilme wie »Airport« steigern sie sich in den absurden Gedanken hinein, dass ausgerechnet die Maschine, die sie besteigen, abstürzen würde. Und selbst wenn man diesen Personen anhand von Statistiken zeigen würde, wie sicher das Fliegen ist (ja, dass es sogar sicherer ist als über die Straße zu laufen), könnten sie ihre Phobie nicht ablegen. Es ist eine Krankheit, die unser Mitleid verdient.

Nun kam der Tag heran, an dem ich meinen Flug antreten sollte. In der Nacht davor hatte ich vor lauter Vorfreude kein Auge zugetan. Ich dachte darüber nach, was ich alles mitnehmen muss und dass ich keinen dieser Gegenstände vergessen darf: Das Geld, die Flugtickets, meine Unterlagen, das Taschenmesser mit Überlebens-Ausstattung, die Filmkamera, die Fotokamera, die Digitalkamera, den Laptop, einen Kugelschreiber, eine Plastiktüte und den kleinen Anschnall-Propeller für den Fall, dass ich im Flugzeug ganz vorne sitzen darf. Tabletten gegen Flugangst wurden mir zwar allerorts empfohlen, ich hielt sie jedoch für unnötigen Ballast. Ach ja, am Flughafen müsste ich noch die »Financial Times« kaufen. Um 4 Uhr schlief ich schließlich entkräftet ein.

Um 5 Uhr klingelte der Wecker. Ich sprang aus dem Bett, frisch, munter und voller Elan. Endlich war es soweit! Frohen Mutes summte ich unter der Dusche »In the Air tonight«. Kultiviert und angezogen machte ich mich schließlich auf den Weg zur Bushaltestelle. Alles lief nach Plan, so dass ich pünktlich um 6 Uhr auf dem Flughafen landete – 5 Stunden vor dem Abflug, das sollte reichen. Alles sah dort so futuristisch und steril aus – ich war begeistert. Nur der Schilderwald war für meine Begriffe etwas unübersichtlich. Daher ging ich zum Informationsschalter, um mich zu erkundigen, wo ich denn hin müsste. Die freundliche Dame mit dem Überbiss und dem aufdringlichen, sehr maskulin duftendem Rasierwasser, fragte nach meinem Ticket und schickte mich sodann ans andere Ende des kilometerweiten Flughafens. Dort sollte ich einchecken – was immer das auch bedeuten mochte. Ich machte mich also auf den Weg.

Der weiträumige Flughafen wurde aus unerklärlichen Gründen mit beweglichen Laufbändern ausgestattet, die dafür sorgten, dass man noch mehr gehen musste, als man ohnehin schon gezwungen war. Die Bänder bewegten sich nämlich entgegengesetzt zu meiner Laufrichtung und somit zu meinem Ziel. Ich nahm die Herausforderung an und konnte durch einen flotten Dauerlauf diese kleine Schikane leicht nivellieren. Die paar Leute, die mir entgegenkamen ignorierte ich samt ihrem verständnislosen Blick. Leicht verschwitzt kam ich an meinem Ziel, dem Block Z an. Ich stellte mich an der Schlange, die sich vor einem Schalter gebildet hat, an – in der Hoffnung, es würde schon der richtige Schalter sein. Er war es nicht. Ich stellte mich wieder an – diesmal aber am richtigen Schalter, und freute mich über das Déjà-vu. Das soll Glück bringen. Nach einer halben Stunde Wartezeit verlangte von mir ein Klon der vorherigen freundlichen Dame vom Informationsstand mein Ticket, sowie das Gepäck. Bei dem Wort »Gepäck« durchfuhr es mich heiß und kalt. Ich wusste doch, dass ich etwas vergessen hatte! Mein Koffer stand noch in der Diele meiner Wohnung. Nun, was soll's. So wichtig waren die Dinge nicht, die ich mitnehmen wollte. Obgleich es mir ein wenig unwohl wurde bei dem Gedanken, eine ganze Woche lang die gleiche Kleidung samt Unterwäsche tragen zu müssen. Und als ich an den Propeller dachte, wurde ich richtig ärgerlich.

Ich ging unverrichteter Dinge und suchte nach einer Sitzgelegenheit. Bei den vielen Geschäften muss doch auch ein Café sein, in dem ich meinen Ärger vergessen könnte! Ich wählte schließlich von den 14 Cafés, die ich auf den ersten Blick entdecken konnte, das mit dem ansprechendsten Ambiente, nahm Platz und bestellte einen Cappuccino. Die nette Bedienung mit toupiertem Haar und falschem Gebiss brachte mir eine Tasse aus Barbies Küche, gefüllt mit einem geheimnisvollen lauwarmen Getränk, das von einem tropfenförmigen Sahnehäubchen geziert wurde. Ich ließ mir mein Staunen nicht anmerken und bedankte mich artig. Die Schrapnelle verlangte daraufhin zwölf Mark. Mir kamen die Tränen und ich bezahlte das Strafmandat, obgleich es mir noch nicht klar war, welches Vergehen ich begangen haben soll. Mit einem Schluck war das scheußliche Getränk nun nicht mehr mein Problem, sondern das meiner Verdauung. Erleichtert um die Hälfte meines gesamten Reisegeldes verließ ich die fragwürdige Lokalität und tauchte im geschäftigen Verkehrsgewühl des Airports unter.

Ich fühlte mich wie ein Statist in einem Science-Fiction-Film und ließ mich ein wenig treiben. Ich sah mir die Schaufenster diverser Boutiquen an, als mir plötzlich meine »Financial Times« einfiel, die ich ja noch kaufen musste. In einem sehr großen Zeitungsgeschäft fand ich schließlich was ich suchte. Sicherheitshalber nahm ich noch eine »Bild« mit – ich wollte dann doch nicht auf meine gewohnte Lektüre verzichten. Bis zum Abflug meiner Maschine waren noch drei Stunden Zeit. Ich suchte nach einer passenden Sitzgelegenheit und fand keine. Als ich meinen Blick schweifen ließ, entdeckte ich hinter einer Glaswand einen Raum, der erfreulicherweise mit mehreren Dutzend Sitzen bestückt war. Und ebenso erfreulicherweise waren diese Sitze leer. Die Tür zu diesem Raum war unschwer zu finden, so dass ich wild entschlossen war, diese gemütliche Wartehalle zu betreten.

Das Herunterdrücken der Türklinke löste einen schrillen Ton aus. Noch ehe ich mich versah, standen neben mir zwei grün gekleidete Männer, zwar mit einer lustigen Mütze, dafür aber mit sehr ernstem Gesicht. Heute möchte ich wetten, es waren Polizisten. Sie fackelten nicht lange und nahmen mich mit. Ich fand es sehr schön dass ich nicht selber gehen musste, da mich die beiden Herren jeweils an einem Arm packten, hochstemmten und wegtrugen. In dem Raum, den wir betraten, waren noch andere verdrießlich aussehende Männer. Ich wurde befragt, warum ich den Sicherheitsbereich betreten wollte, was ich im Schilde führe, wer meine Hintermänner, und wie viele Komplizen an dem Anschlag beteiligt sind. Ich sah sie an, als käme ich vom Planeten Zargon.

Nach zwei Stunden ließen sie mich frei, nachdem ich sie durch mein unbeschwertes Wesen und mit der mir angeborenen Frohnatur von meiner Harmlosigkeit überzeugen konnte. Langsam wurde es auch Zeit, sonst würde ich ja meinen Flug verpassen. Ich ging zu dem – diesmal gleich richtigen – Schalter. Eine sehr ansprechend aussehende junge Dame deutete auf den Durchgang, zu dem ich mich begeben sollte. Ich begab mich unverzüglich dorthin, wo man mich bat, alle Gegenstände in einen Korb zu legen. Mich befremdete diese Spendenaufforderung ein wenig, ich folgte jedoch dem Rat, da ich aus dem Augenwinkel genau sehen konnte, dass sich von den anderen Fluggästen ebenfalls keiner traute, dagegen zu protestieren. Meine gesamten Habseligkeiten landeten in dem Körbchen: Ein Fingerhut, eine Monopoly-Spielmünze, ein Gummiring, ein Stück gekautes Kaugummi, eine Flasche Maggi, sowie ein Bowie-Messer. Das Körbchen wurde auf ein Laufband gestellt, das durch eine Röhre führte. Dort wurde offensichtlich der Inhalt des Körbchens von einem Caritas-Mitarbeiter auf brauchbare Gegenstände untersucht. Als mir die Sachen wieder überreicht wurden, war ich erstaunt: Die Nächstenliebe-Heuchler von Caritas behielten nur das Bowie-Messer. Alles andere bekam ich wieder. Auch meine gute alte Ruhla-Uhr, ein Relikt aus DDR-Zeiten. Dann wurden wir in einen Kanal geschleust, der zu einer Bushaltestelle führte.

Sieh an, so ein Betrug, dachte ich. Man bucht im guten Glauben einen Flug, um dann doch mit dem Bus auf die Reise losgeschickt zu werden. Die Reisezeit verlängert sich dadurch um das Vielfache! Und von dem ganzen Aufwand, den ich für eine Busfahrt schlichtweg überzogen fand, ganz zu schweigen. Bei uns auf dem Land wird nicht einmal die Fahrkarte kontrolliert, wenn man in einen Bus der Augsburger Verkehrsbetriebe steigt. Die anderen Fahrgäste schien es aber nicht weiter zu beunruhigen. Lauter Jasager, die es nie wagen würden, sich gegen ein an ihnen begangenes Unrecht aufzulehnen, dachte ich. Als der Bus kam, drängte ich meine Leidensgenossen beiseite und baute mich vor dem Busfahrer auf.

»Eine impertinente, bodenlose Unverschämtheit! Ich protestiere aufs Schärfste! Ich habe einen Flug gebucht, keine Busfahrt!«, empörte ich mich. Der Fahrer versuchte beherrscht zu bleiben und wies mich an, doch bitte nach hinten durchzugehen und den Ablauf nicht unnötig zu behindern, sonst könnte er uns nicht rechtzeitig zum Flugzeug bringen, wodurch sich der Abflug nur verzögern würde. Diese Antwort stellte mich zufrieden, worauf ich direkt hinter ihm Platz nahm, denn irgendwie traute ich dem Burschen trotzdem nicht. Doch als er losfuhr, brachte er uns tatsächlich zu einem Flugzeug. »Lufthansa«, las ich. Dieses Modell war mir noch nicht bekannt.

Wir stiegen aus und gingen die Treppe hoch, um die Maschine zu betreten. Die Damen am Eingang lächelten süß und ließen ein launiges »Willkommen an Bord« von ihren Lippen tropfen. »Letzte Reihe links in der Mitte.« In diesem Moment war ich froh, den Propeller zu Hause vergessen zu haben. Ich zwängte mich durch den Gang in die letzte Sitzreihe und nahm in der Mitte des Dreier-Sitzes Platz. Ein nobel gekleideter Herr, der mindestens das Doppelte meines Kampfgewichts auf die Waage brachte, deutete auf den Platz neben mir. Er saß am Fenster. Ich ließ ihn vorbei und bedauerte nun, dass mir durch seinen Bauch die Sicht aus dem Fenster zu hundert Prozent verwehrt sein würde. Auch der Platz links neben mir blieb nicht frei. Eine Dame mittleren Alters mit Oberlippenbart, eingenebelt in eine Haufenwolke »Avon-Best-Of-Mix«, nahm darauf Platz.

Ich schlug demonstrativ die »Financial Times« auf und vergrub mein Gesicht darin. Nebenbei rang ich nach Luft. Über den oberen Zeitungsrand beobachtete ich andere Fluggäste. Einige, um nicht zu sagen die meisten, schienen sehr nervös zu sein. Ein älterer Herr mit Anzug und Krawatte saß zwar auf den ersten Blick ganz ruhig da, spielte jedoch unruhig mit seinen Fingern. Ein anderer Herr, etwas jüngeren Semesters, starrte in seine Zeitung und brauchte zum Umblättern deutlich weniger Zeit, als er nach meinem Dafürhalten benötigen müsste, wenn er die Seite gründlich gelesen hätte. Ich stoppte drei Minuten und 38 Sekunden. Klarer Fall, er überspielte lediglich seine Flugangst. Das junge Ding, das drei Reihen vor mir ganz außen saß, lächelte zwar entspannt, während sie aus dem Fenster starrte, doch sie zupfte ständig an ihrem Minikleid. Sicher schließt sie gerade mit ihrem Leben ab, dachte ich. Und der distinguierte Schnösel schnäuzte ständig in den nie endenden Vorrat seiner Papiertaschentücher – für mich ein deutliches Zeichen von Schwäche und Exzitabilität. Nur ich, ich alleine saß heroisch da, kaute an meinen Fingernägeln und beobachtete die biederen Versuche meiner Fluggenossen, ihrer Phobie Herr zu werden.

Es war sehr ruhig – eine angespannte Stille, die nichts Gutes verhieß. Doch was auch kommen mochte, ich würde es ertragen. Plötzlich ertönte eine krächzende Stimme aus dem Äther. Es durchfuhr mich ein derartiger Schrecken, dass ich das Tischchen, das sich mein Nachbar herunterklappte, um einige Tabletten darauf zu sortieren, mit einem Ruck wieder in seine Ruheposition brachte, wo es prompt einrastete, während mein Nachbar ausrastete.

»Hier spricht Ihr Kapitän«, erzählte unterdessen der Lautsprecher in zittrigem Unterhaltungston. »Willkommen an Bord. Wir werden, wie es aussieht, noch eine Weile in Warteposition verbringen müssen, da etwas Nebel herrscht und sich die Starts dadurch um einige Minuten verzögern. Wir werden aber hoffentlich pünktlich in Hamburg ankommen. Dort ist es ebenfalls neblig und es ist zwei Grad kälter als hier.«

Ich hörte gar nicht richtig zu, sondern dachte nur: Bin mal gespannt, wie der Dicke wieder an seine Tabletten kommt.

Der Dicke ließ Tabletten Tabletten sein und mixte sich einen neuen Cocktail. Es roch ziemlich penetrant nach Schweiß, wofür ich meinem Nachbarn strafende Blicke zuwarf, um mich sogleich darauf zu besinnen, dass das Odeur wohl durch meine Wenigkeit dispergiert wird – eine Folge meines unfreiwilligen Dauerlaufs durch den gesamten Flughafenkomplex vor ein paar Stunden. Tatsächlich war mein Hemd durchnässt und mir standen die Schweißperlen auf der Stirn. Es war aber auch wirklich heiß, ein paar Deckenventilatoren hätten nicht geschadet. Da hat die Firma Lufthansa beim Konstruieren dieses Luftschiffes an der falschen Ecke gespart, dachte ich.

Ein Geräusch, das ich bisher noch nicht kannte, drang in meine Ohren. Dazu begann das Flugzeug merkwürdig zu beben. Ich klammerte mich an den Sitzlehnen fest und die Haufenwolke neben mir schrie auf – ich krallte mich versehentlich in ihren Unterarm. Doch jetzt war keine Zeit für Sentimentalitäten. Das Flugzeuggeräusch war immer intensiver. Analog dazu verstärkten sich die Vibrationen unter meinem allerwertesten Alles-Entwerter. Die Passagiere saßen teilnahmslos da, anscheinend standen alle unter Schock. Ich musste sie wachrütteln. »Ein Erdbeben!« schrie ich aus Leibeskräften. »Alle Mann unter die Sitze und die Fenster geschlossen halten!« Gleichzeitig verschwand ich blitzschnell unter meinem Sitz. Doch niemand reagierte auf meine eindringliche Warnung. Meine Sitznachbarn warfen mir einen Blick der Verachtung zu.

»Das ist das Motorengeräusch, Sie Volltrottel«, sagte der Dickwanst zu mir. Ich sammelte seine Tabletten auf, zu denen ich mich kurzfristig gesellte, kroch wieder auf meinen Platz und gab sie ihm. Wortlos stopfte er sie in seine Tasche. Das Weib mit dem Teppich auf der Oberlippe hielt ein Papiertaschentuch an die blutende Kratzwunde und rollte die Augen. Wahrscheinlich trug sie Kontaktlinsen, die jetzt drückten.

Eine angenehme weibliche Stimme ertönte aus dem Lautsprecher. »Meine Damen und Herren, wir möchten Sie nun mit unseren Sicherheitsmaßnahmen vertraut machen. Die Notausgänge befinden sich an den jeweils gekennzeichneten Stellen.« Aha, gut zu wissen, dass es sich um Notausgänge handelt. Ich hätte es für die Toilette gehalten. Die Roboterpuppe, deren Choreographie exakt zu den Ausführungen aus dem Äther passte, vollzog ihre Tanzübungen in programmgemäßer Perfektion. Ihr Gesicht sah dem eines echten weiblichen Menschen täuschend ähnlich.

»Bei Druckabfall fallen automatisch von oben Sauerstoffmasken herunter. Halten Sie diese an Mund und Nase.« Ich kombinierte. Wenn also der im Flugzeug vorhandene Abfall überhand nimmt, entsteht ein gewisser Druck, was dazu führt, dass die Abfallkörbe überquellen. Der sich dadurch ausbreitende Gestank ist vermutlich so übel, dass man es ohne Sauerstoffmaske nicht aushalten würde. Ich hielt diese Vorgehensweise für umständlich. Es wäre wesentlich einfacher, den Abfall nach jedem Flug zu entsorgen, dann entsteht erst gar kein Abfalldruck. Aber sagte sie nicht »Druckabfall«? Egal.

Es sah so aus, als wäre ich der Einzige, der den Darlegungen aufmerksam zuhörte. Die anderen Fluggäste sahen weg, lasen Zeitung oder beschäftigten sich mit anderen unwichtigen Dingen. Ich sah einen nicht sehr appetitlich aussehenden Herren, der gedankenversunken in sich ging, das Beste aus sich herausholte, um es sich wieder oral zuzuführen – das Samsara eines Nasenpoplers. Diese Ignoranten, lächelte ich leise in mich hinein. Sie verschließen ihre Augen vor der Realität und wollen gar nicht wissen, was ihnen alles während des Flugs zustoßen könnte. Ich strafte sie mit Ignoranz und Despektierlichkeit.

Jetzt setzte sich das Flugzeug in Bewegung und rollte langsam vorwärts. Gleich einem Stier schien es seine Kräfte zu sammeln und vor meinem geistigen Auge sah ich es schnaubend mit dem Huf scharren. Ich hielt verkrampft meine »Financial Times« fest. Meine Lippen bebten. Der Gigant der Lüfte wollte sich aber nicht von der Erde lösen. Natürlich, ist doch der Mensch nicht zum Fliegen bestimmt worden. Und die von ihm errichteten Konstruktionen scheinen sich ebenfalls dagegen zu wehren, in die Lüfte emporzusteigen. Irgendwann muss aber das Unmögliche möglich sein, dachte ich, und konnte mich nicht länger zurückhalten, meine Gedanken für mich zu behalten. Auch andere sollten davon partizipieren! »Irgendwann muss sich das Flugzeug endlich erheben!«, schrie ich hysterisch. »Der Parkplatz ist ja auch nicht ewig groß! Wir schießen über das Ziel hinaus und zerschellen am Gebäude von Mc Donalds!«

Die Zeitung, die ich immer noch aufgeschlagen in meinen beiden Händen festhielt, hielt dem gespannten Zerren nicht stand und riss in der Mitte entzwei. Meine zu Fäusten geballten Hände schnellten, immer noch die beiden Zeitungshälften festhaltend, geradewegs in die Richtungen meiner jeweiligen Sitznachbarn, um in deren Gesicht ihr Ziel zu finden. Sie schrieen auf, wie aus einem Munde. Ich versuchte auf sie beruhigend einzuwirken. »Keine Sorge, der Pilot schafft das schon! Er ist ein ausgebildeter Mann, der auf solche Situationen vorbereitet ist!«

Der Dickbauch schnaubte. Mit geschwellter Brust und einem nicht zu überhörenden, drohenden Unterton sagte er: »Wenn Sie nicht augenblicklich still sitzen, dann hole ich die Stewardess, Sie Wicht! Ich habe noch keinen Menschen erlebt, der so einen Aufstand macht, während das Flugzeug in Schrittgeschwindigkeit in Richtung Startbahn rollt!«

In diesem Moment drückte mich eine unsichtbare Kraft in den Sitz. Der Koloss schien zu explodieren und stürzte mit einer unwahrscheinlichen Geschwindigkeit über die Startbahn. Dann war das Rumpeln vorbei und ein merkwürdiges, mulmiges Gefühl durchfuhr mich in der Magen-Darm-Gegend. Meine Ohren schienen zu platzen. Mein Kopf fühlte sich an, als wäre er in einem Schraubstock, der von einer unsichtbaren Macht langsam zugedreht wird. Mir stand immer noch der Schweiß auf der Stirn, einige Perlen rannen mir jetzt sogar über mein blasses Gesicht. Einige der Passagiere wurden durch meine Eskapaden von vorhin bereits auf mich aufmerksam und musterten mich aus schadenfrohen Augen. Mir war jedoch in diesem Moment wirklich egal, wer mich hier wie anstarrt. Ich besann mich auf das Vaterunser. »Dein Wille geschehe wie im Himmel, die Erde ist mir egal«, murmelte ich immer wieder.

Ich dachte an meine Eltern. Sie hatten bislang weder Lust noch Anlass gefunden, in ein Flugzeug zu steigen. Wie recht sie doch hatten – ich beuge mein Haupt vor der Weisheit des Alters! Man kann jeden Ort der Erde erreichen, ohne sich emporzuschwingen wie ein dummer Vogel. Darüber hinaus kann man die Schönheit und die Wunder der irdischen Schöpfung viel intensiver genießen, wenn man beim

Reisen mit beiden Füßen auf dem Boden bleibt. Welcher Unglücks-rabe hat uns das Fliegen eingebrockt? Warum zog es die Menschen immer wieder in schwindelerregende Höhen? Wollte das der liebe Gott? Sicher nicht, sonst hätte er uns mit eingebautem Gleitschirm erschaffen.

Meine Gedanken kreisten weiter um Themen wie Tod, Testa-ment, Katechismus, Nirwana und Deutsche Bundesbahn, als die ro-boterhafte Stewardess uns Getränke anbot.»Ein Glas Milch bitte«, orderte ich mit dünner Stimme.»Tut mir leid, wir haben nur Was-ser, Cola, Bier, Whisky, Sekt, Campari, Orangensaft, Bitter Lem-mon, Wodka, Apfelsaft, Kaffee, Tee, Martini und Blutwurz«, be-dauerte die Hebe.»Dann bitte einen Kaffee. Ohne Zucker.« Ich leg-te meine Zeitungshälften auf den Schoß, klappte das Tischchen herunter und stellte den Kaffeebecher darauf ab. Er schmeckte ge-nauso wie das Gesöff vom Flughafen – ziemlich polnisch. Schon wieder ein Déjà-vu. Doch ich war gerüstet! Vor den staunenden Augen meiner Sitznachbarn holte ich mein Fläschchen Maggi her-aus und schüttete einige Milliliter in die ohnehin schon braune Brühe hinein. Damit würde ich mir das Ableben wenigstens etwas geschmackvoll gestalten.

Der Bulle von Tölz rechts neben mir bestellte sich einen Whisky. Die sprechende Haufenwolke zu meiner Linken hielt sich bei dem Blick auf meinen Kaffee ein Taschentuch vor den Mund und ent-schwand auf der Toilette. Anscheinend wollte sie diese Welt sofort verlassen. Der Aktenvernichter wollte es offensichtlich etwas später tun, dafür aber gehörig alkoholisiert. Ich nippte genüsslich an mei-nem Kaffee und las in meiner Bildzeitung, als sich das Flugzeug im wahrsten Sinne des Wortes aus heiterem Himmel scheinbar in den freien Fall begab. Der Teil des Kaffees, der noch im Becher war, transportierte sich umgehend auf meinen Schoß. Der Teil, den ich bereits getrunken hatte, gesellte sich nach kurzer Zeit dazu.»Hil-fe!«, schrie ich.»Das ist das Ende! Wir stürzen ab! Es ist vorbei!«

»Mein Gott, das war doch nur ein Luftloch!«, schüttelte Mr.»Ich-fresse-nie-mehr-als-was-mit-Gewalt-hineinpasst« neben mir den Kopf. Mir war übel und ein neuer Brechreiz machte sich bemerkbar.

Die Tränen rannen mir übers Gesicht. Ich hatte nur einen einzigen Wunsch: Festen Boden unter meinen Füßen zu wissen. Die Fliegerei konnte mir gestohlen bleiben. Ich wollte doch leben! Ich hatte noch so viel vor! Ich wollte Karriere machen, mich fortpflanzen, mir neue Hausschuhe und endlich eine Quarzuhr kaufen! Das konnte ich aber nur, wenn ich jemals wieder einen Woolworth von innen sehen würde. Und dies wiederum war nur zu Fuß möglich. Mein einziger Gedanke war somit: Du willst überleben!

Resolut stand ich auf und arbeitete mich nach vorne, bis ich vor einer verschlossenen Türe stand. Ohne anzuklopfen trat ich ein. Ich sah zwei Männer in Uniform und ein Schaltpult, das mit jedem Lego-Technik-Baukasten konkurrieren konnte.

»Was wollen sie hier?« fragte mich einer der Männer.

»Ich will sofort aussteigen«, antwortete ich.

»Gerne, aber bis zum Erdgeschoss sind's noch ein paar Stockwerke«, lachte Mr. Frohnatur und der andere Blödmann wieherte mit.

Ich sank auf die Knie und faltete meine Hände zusammen.

»Bitte, ich flehe Sie an. Landen Sie das Flugzeug unverzüglich, sonst gibt es hier eine Leiche.«

Ich fühlte mich wirklich dem Tode nahe. Doch die Miene der beiden Männer verfinsterte sich. Offenbar fassten sie meine Worte als Drohung auf. Die Haferlokomotive schnellte wie von einem wilden Karnickel gebissen hoch, stürzte sich auf mich und überwältigte mich innerhalb von Sekundenbruchteilen. Als ich wieder einigermaßen klar denken konnte, saß ich zu einem Paket verschnürt und an der Kabinenwand lehnend auf dem Boden.

»Hier ist der Kapitän vom Flug LH1346, München Hamburg. Wir haben einen Hijacker an Bord. Die Situation ist unter Kontrolle. Sicherheitspersonal erbeten. Wir setzen zur Landung an. Over.«

Klasse, dachte ich. Endlich hat der Spuk ein Ende.

Der Kapitän setzte zur Landung an. Während seines Anflugs auf den Hamburger Flughafen hatte ich meinerseits mit einem Anflug von Übelkeit und emetischen Gefühlen zu kämpfen, die allerdings nicht hielten, was sie versprachen, da mein Ventrikulus einfach nichts mehr hergeben konnte. Deutlich spürte ich den Aufprall der Maschine auf dem Boden. Der Gigant rollte sich aus und ich war erleichtert. Wäre ich nicht an Händen gefesselt gewesen, ich hätte enthusiastisch geklatscht.

Die Maschine kam sicher zum Stillstand und ich wurde kreidebleich dem Sicherheitspersonal übergeben. Gestählt hielt ich ihrem Verhör stand, vermutlich weil ich nicht viel davon mitbekam. Im Lauf der sechs Stunden konnten die Ermittlungsbeamten jedoch den Tatbestand restlos aufklären und ließen mich unter Vorbehalt wieder frei. Ich verließ das Flughafengelände auf dem schnellsten Weg.

Der Aufenthalt in Hamburg gestaltete sich problemlos, da sich die Konferenzräume glücklicherweise im selben Hotel befanden, in dem ich übernachtete, so blieben meine Ausdünstungen in dem klimatisierten Gebäudekomplex. Doch allabendlich sah man einen immer noch blassen, jungen Mann am Hamburger Hauptbahnhof schlendern – mich. Ich hielt mein Flugticket in der Hand und sprach jeden an, der sich zu einem der Bahnsteige begab, von denen aus Züge nach München fuhren.»Bitte, tauschen Sie mit mir Ihre Zugfahrkarte gegen mein Flugticket. Seien Sie kein Unmensch! Geben Sie doch Ihrem Herzen einen Stoß!« Doch niemand hörte auf mich. Am letzten Tag meines Aufenthalts schenkte ich mein Flugticket einem verblüfften Obdachlosen und fuhr dann per Autostop nach München. Drei Tage später kam ich erschöpft, ungepflegt, aber wohlbehütet zu Hause an.

Ich war wieder um eine Erfahrung reicher. Alles was neu ist, muss nicht unbedingt schlecht sein. Aber auch nicht unbedingt gut. Wir sind für die Erde bestimmt. Wer das ignoriert, ist ein armseliger Piesepampel. Es gibt Autos, Züge, Schiffe und Beine derer man sich zu Reisezwecken bedienen kann, ohne die Erde zu verlassen.

Demnächst möchte ich eine Kreuzfahrt buchen. Das Buch»Titanic. Sternstunden der Schifffahrt – von Uli Untergang« liegt schon auf meinem Nachtkästchen.

Er öffnete die Augen. Ein unbeschreibliches Gefühl der Verlorenheit und des Ungewissen erfasste ihn. Sein Kopf war endlos leer.
Die Umgebung war ihm irgendwie vertraut, doch konnte er im Augenblick nicht sagen, wo er sich gerade befand. Es war still, nur ganz leise hörte er durch das leicht geöffnete Fenster liebliches Vogelgezwitscher. Draußen schien die Sonne, deren Strahlen sich beharrlich ihren Weg durch die Ritzen des verschlossenen Vorhangs in das Zimmer bahnten, in dem er sich befand. Er atmete tief durch, als würde
er den festen Entschluss fassen, herausfinden zu wollen, wer er ist,
wie er hier her kam und warum alles, woran er sich erinnern kann,
einem leeren Blatt Papier glich.

Sein Blick schweifte hilflos durch den Raum, als würden seine Augen versuchen, jeden einzelnen Gegenstand zu identifizieren: Den
hölzernen Schrank, eine Vase, eine verschlossene Tür, die Bilder an
der Wand. Die Einrichtung war geschmackvoll, aber einfach – frei
von aufdringlichem Prunk und Luxus. Er schloss die Augen ganz
kurz und öffnete sie wieder, in der Hoffnung, jetzt etwas zu sehen,
das ihm bekannt vorkommen würde, das ihm die Erinnerung zurück
bringen könnte. Doch vergeblich.

Es war, als würden die Sekunden mit schweren Stiefeln durch tiefen Sand stapfen. Er wünschte, er könnte aufstehen, doch schien ihn
eine unsichtbare Kraft daran hindern zu wollen. Seine ganze Ent-
schlossenheit aufbietend, stemmte er sich gegen die imaginären Fesseln und besiegte langsam die Lähmung, die seinen Körper erfasste.
Nachdem er sich aufgerichtet hatte, ging er zum Fenster, um den
Vorhang zurückzuziehen. Vielleicht findet er dort draußen die Antwort auf alle Fragen?

Seinem Blick bot sich ein friedliches Bild einer ländlichen Idylle. Er
sah einen Garten mit Obstbäumen, eine Bank, eine kleine Laube. Alles war scheinbar auf einem Teppich von sattem, grünen Gras aus-
gebreitet worden. Die Hemden auf der Wäscheleine schienen ihm
Beifall zu klatschen. An dem hölzernen Zaun, der den naturbelasse-

nen, aber dennoch gepflegten Garten umgab, führte ein Feldweg vorbei. Welche Orte er wohl miteinander verbinden mag? Er wusste es nicht. Wen wundert's, wenn er doch nicht einmal ahnte, wie dieser Ort heißt, an dem der Weg vorbeiführte, und an dem er sich befindet.

Er verharrte noch einige Augenblicke am Fenster. Der unbedingte Wunsch, seine Erinnerungen wiederzufinden, wich für kurze Zeit unbemerkt der Freude, die er bei diesem Anblick empfand. In der Ferne konnte er einen Wald erkennen, doch sah er alles, was sich zu weit hinter dem Zaun befand, leicht verschwommen. Irgend etwas glänzte dort, wie ein kleiner Handspiegel, zu dem ein dünner, seidener Faden führt – es musste wohl ein kleiner, dankbarer Teich sein, dem ein schmaler Bach unverdrossen, beständig und großherzig sein kühles Nass schenkte. Tatsächlich hörte er so etwas, wie ein leises Geräusch schwatzenden Wassers. Eine Vogelschar betüpfelte die Drähte, die den Weg begleiteten, wie Noten eine Musikzeile. Der hyazinthblaue Himmel ließ lautlos vereinzelte Wolken vorbeiziehen, die ihn scheinbar freundlich grüßten. Er versuchte, sich alles fest einzuprägen, den Himmel, die Landschaft, den Garten – vielleicht weil er Angst hatte, das Gesehene wieder vergessen zu können. Doch brachte dieser wunderbare Blick durch das Fenster ebenfalls kein Licht in das Dunkel seiner Erinnerungen.

Nachdem er sich wieder dem Zimmer zugewandt hatte, ging er zum Schrank. Dessen Tür öffnend, sah er die lachenden Zungen bunter Krawatten, die an der Innenseite hingen. Im Innern des Schrankes reihten sich in peinlicher Ordnung einige Hemden, ein paar schlichte Anzüge sowie sorgsam gebügelte Hosen aneinander. Er konnte sich nicht entsinnen, jemals eines dieser Kleidungsstücke getragen zu haben. Und an sich selbst hinunterblickend, stellte er fest, dass ihm selbst der Schlafanzug, den er anhatte, völlig fremd war.

Er schloss hastig die Schranktüren und fühlte sich, als hätte er unerlaubterweise jemandes Eigentum betrachtet, als wäre er in dessen Privatsphäre eingedrungen. Sein Kopf war immer noch voller Fragezeichen. Zögernd näherte er sich der Zimmertür. Die Ungewissheit raubte ihm seine Kraft. Er war sich jetzt gar nicht mehr so sicher, ob er wirklich wissen wollte, was sich hinter der Tür befand. Vielleicht befürchtete er auch, dass das perfekte Bild, das von dem Augenblick an, als er erwachte, bis jetzt entstanden ist, getrübt oder gar zerstört werden könnte. Mechanisch drückte er die Klinke herunter und öffnete die Tür, nur einen Spalt breit. Stille. Nein – er glaubte doch, Geräusche vernehmen zu können! Es waren Stimmen. Er versuchte, sie irgendwelchen – ihm bekannten – Personen zuzuordnen, doch so sehr er sich auch Mühe gab, es wollte ihm kein Mensch einfallen, den er kennen müsste. Er fühlte sich alleine wie Pferdegewieher im Sturm – von Allen und Allem verlassen, auch von sich selbst. Resignierend fand er sich mit dieser Gewissheit ab.

Ich kann hier doch nicht ewig stehen bleiben, dachte er. Sollte ich mich nicht einfach wieder umdrehen, zurück zum Bett gehen, die Augen schließen und versuchen einzuschlafen? Vielleicht ist dann der Schlaf, in den ich eintauchen würde, die Realität, die mir mein Leben zurück bringt, während meine gegenwärtigen Wahrnehmungen in Wirklichkeit Teil eines Traums sind – eines wundervollen, friedlichen, sanften Traums. Doch kann man in einem Traum wirklich alles so bewusst erleben? Kann man den wunderbaren Duft frischen Kaffees gewahren? Ist es möglich, sich die Gewissheit des Ungewissen in einem Traum so deutlich vor Augen führen zu können? Selbst auf diese Frage vermochte er sich keine Antwort zu geben. Und je mehr Zeit verstrich, desto mehr Fragen ergaben sich. Allein sie waren es, die jetzt schon den perfekten Augenblick trübten, die friedliche Seelenlandschaft mit unansehnlichen, schwarzen Löchern verunstalteten. Nein, er konnte nichts anderes tun, als durch die Tür zu gehen. Er musste sich auf die Suche machen.

Langsam schritt er die hölzerne Treppe hinunter. Die Stimmen wurden immer deutlicher, ebenso die Tatsache, dass sie hinter einer verschlossenen Tür ertönten. Es waren Kinderstimmen. Sie klangen fröhlich und entspannt. Zuweilen wurden sie von einer sanften, weiblichen Stimme unterbrochen. Würde er jetzt frei sein von Furcht und könnte er jetzt die Ungewissheit zur Seite drängen, dann würde er sich schon allein in die Stimme verlieben, obgleich er noch nicht einmal das Gesicht, die Person sehen konnte, zu der die Stimme gehörte.

Im Flur hingen Bilder, Gemälde von Landschaften und Landhäusern. Die Wände waren einfach weiß gestrichen, nein, sie waren leicht durch eine warme, ins Rötliche mündende Farbe getönt, die Behaglichkeit verbreitete. Er konnte nirgendwo auch nur einen einzigen Gegenstand entdecken, der ihm einen Hinweis auf etwas ihm Vertrautes geben würde, und dennoch – ihm war, als wäre er schon einmal hier gewesen. Nur wann?

Er bewegte sich vorbei an einigen verschlossenen Türen und ging auf die Tür zu, hinter der sich die Stimmen zu verstecken schienen. Jetzt waren sie verstummt. Mit einem Gefühlsgemisch aus Neugier und Furcht blieb er davor stehen. Er fühlte, wie sein Herz pochte. Sein Mund war trocken und seine Gliedmaßen zitterten. Wieder zögerte er. Wenn er jetzt die Türe öffnete, könnte alles passieren. Alles könnte zerplatzen wie eine Seifenblase. Er fühlte sich wie ein Eindringling, wie ein Verbrecher in einer perfekten Umgebung, deren Teil er sein möchte, aber nicht sein kann. Hinter der Tür befanden sich doch Kinder! Wie würden sie auf einen Eindringling reagieren? Außerdem konnte er nur von den Stimmen, die er hörte, auf die Personen schließen, die sich in jenem Raum befanden. Was ist, wenn sich darin ein Mann befindet, der sich bisher noch nicht bemerkbar machte? Würde er ihm Zeit für Erklärungen geben und seine Lage verstehen können? Wie real ist so eine Situation überhaupt?

Die sich bietende Möglichkeit der Gewissheit und die Sehnsucht nach Evidenz, befahlen ihm das, was letztendlich doch unvermeidlich war. Als würde er mit einer Handbewegung alle Einwände wegwischen, ging seine Hand zur Klinke, um leise die Tür zu öffnen.

Von der Einrichtung des Raums, den er eben betrat, nahm er nichts wahr, denn er blickte in zwei Augenpaare, von denen keines auch nur anscheinend erstaunt, verängstigt oder irritiert wirkte. Der kleine Junge war sicher nicht älter als zwölf, das Mädchen höchstens acht Jahre alt. Sie lächelten ihn an – ihre Augen strahlten Zufriedenheit und Glück aus. Sie saßen an einem üppig zubereiteten Frühstückstisch. Der Bub schien ein aufgewecktes Kerlchen zu sein. Seine Augen waren wach und voller Schalk. Während sich das Mädchen wieder keck ihrem Honigbrot zuwandte, musterten ihn die Augen des

Buben weiter. Sein Gesichtsausdruck war dabei freundlich und offen. Doch ließ er die Augen nicht von ihm.

Aus der Mitte des Raumes sah ihm ein drittes Augenpaar entgegen. Wie sanft und lieblich doch ein Blick sein kann! Die wunderschönen, tiefen, braunen Augen strahlten Wärme, Liebe und Fröhlichkeit aus. Das Gesicht war mild, und doch wirkte es ein wenig zerbrechlich, so dass man es, wenn überhaupt, nur behutsam zu berühren vermochte. Wenn er sich, noch bevor er den Raum betrat, ein Gesicht zu der sanften Stimme vorzustellen versuchte – schöner hätte es nicht sein können. Ihre Grübchen schienen mit ihrem Lächeln Versteck zu spielen. Ihr langes, volles, dunkel gewelltes Haar umrahmte das anmutige Gesicht wie tausend Sterne einer sternenklaren Nacht. Ihre Anmut wirkte auf ihn so betörend, dass er selbst sein Vergessen vergaß.

»Guten Morgen, mein Schatz«, vernahm er wieder diese wunderbare, sanfte Stimme, voller Süße und Hingabe.

»Guten Morgen.« Er war überwältigt von diesem Augenblick. Doch im selben Moment erschrak er und ihm war, als würde er geohrfeigt. Seine eigene Stimme kam ihm so fremdartig vor, als würde jemand anders aus ihm sprechen. Doch sowohl dieses bezaubernde Wesen, als auch die Kinder schienen überhaupt nicht verwundert zu sein.

Die Frau kam auf ihn zu. Wieder fühlte er sich in ihren Bann gezogen. Je näher sie kam, desto erwartungsvoller und gespannter waren seine Sinne, die schließlich in einem Feuerwerk explodierten, als ihre Lippen seinen Mund berührten. Er fühlte sich, als wäre er der Mittelpunkt des Universums und wagte es nicht, die Augen wieder zu öffnen.

»Der Kaffee ist fertig. Magst du ihn heute im Stehen trinken?« fragte sie, wobei sie wieder dieses bezaubernde Lächeln erstrahlen ließ. Er ging zu dem freien Platz am Tisch, wo ihn ein Gedeck erwartete. Die bildschöne Frau goss den Kaffee in die Tasse – und wirkte selbst dabei unendlich graziös. Im Vorbeigehen berührte sie ihn wie zufällig zärtlich an der Schulter. Der Bub reichte ihm einen Korb mit Brötchen herüber. »Danke, mein Junge«, hörte er sich sagen und schien sich an seine zuvor so fremdartig klingende Stimme zu gewöhnen. Seine Blicke folgten der Frau, die – wie er dachte – ganz sicher die schönste Frau der Welt sein musste.

Konnte das, was er an Erinnerungen verloren hat, jemals mit dem Jetzt und Hier konkurrieren? Konnte die Welt, die hinter ihm oder einer dunklen Wolke verborgen lag, noch mehr seine Welt sein, als es diese hier zu sein schien? Welche Rolle spielte er in der anderen Welt? Und welche in dieser? Würde er es je herausfinden? Und will er es überhaupt? Ist er Derjenige, den diese drei Menschen, die anscheinend seine Familie sind, in ihm sehen? Würde er jemals von einer möglicherweise unheimlichen, dunklen Vergangenheit eingeholt? Wie heißen diese wundervollen Menschen überhaupt, die ihm allein durch ihr stilles Verhalten so viel Liebe entgegenbringen, dass ihm alles andere gleichgültig ist? Wie heißt er selbst? Hat er einen Beruf? Geht er zur Arbeit? Wie steht es mit Freunden? Welches Jahr schreiben wir? Ist er ein guter Mensch? Und – wie sieht er eigentlich aus?

Wahrhaft, eine elementare Frage. Seit er aufgewacht ist, konnte er noch in keinen Spiegel sehen. Dabei ist er doch am Badezimmer vorbeigegangen! – Moment mal: Woher weiß er das? Er glaubte zu wissen, dass sich hinter der verschlossenen Tür, an der er vorhin vorbeiging, das Badezimmer befand. Nein – er war sich sicher, dass dem so ist. Nur wusste er nicht, warum. Er setze ganz gedankenverloren die Kaffeetasse an seine Lippen, und dachte, dass dies sicher der köstlichste, aromatischste Kaffee ist, den er je getrunken haben muss.

»Kinder, es ist Zeit. Beeilt euch, sonst verpasst ihr den Bus«, sagte die wundervolle Frau. In ihrer Stimme war weder etwas Gebieterisches, noch die geringste Spur von Hast oder gar Unmut zu hören. Es war die reine Sanftmut und Herzenswärme, die daraus zu hören war. Die Kinder sputeten sich und standen bald auf. Beide hatten es scheinbar eilig, zu ihm zu kommen und sich mit einem Kuss von ihm zu verabschieden.

»Wiedersehen, Papi!«

»Wiedersehen, Kinder«, sagte er. Sie liefen aus der Küche. Ihr Lachen flatterte hinter ihnen her, wie ein Büschel bunter Bänder. Er sah ihnen nach. Auch die Frau ging nach Draußen. Er sah sich wieder um. Die Küche passte sich nahtlos dem Gesamtbild an, das das ganze Haus von sich gab. Alles war sehr geschmackvoll, aber schlicht eingerichtet. An der Wand hingen Bilder, die ihm nichts sagten – Stilleben, eine Seelandschaft. Er stand auf, um sie anzusehen. Sie strahlten Romantik und Idylle aus. Er sah sich um. Alles war ordentlich und peinlich sauber, fast steril. Nur auf der Arbeitsfläche standen zwei Weingläser, aus denen scheinbar getrunken wurde. Am Fenstersims stand eine Vase mit roten Rosen. Er betrachtete sie näher. Sie waren so rot, als hätte man eimerweise Feuer darüber geschüttet. Ihr Duft war so intensiv, als hätte sie jemand sicherheitshalber nochmals mit Rosenduft parfümiert.

Er sah durch das Fenster, das in eine andere Richtung zeigte, als das im Schlafzimmer. Seinen Augen bot sich wiederum ein anheimelnder Anblick ländlicher Idylle. Eine endlose, bunte Blumenwiese schien mit dem Horizont zu verschmelzen. Das Haus lag offensichtlich auf einer leichten Anhöhe, denn jetzt konnte er sehen, dass der Feldweg, den er vorhin sah, leicht abfiel und irgendwo im Tal verschwand. Wenn dies alles nur ein Traum ist, dachte er, dann will ich nie wieder aufwachen.

Dann war ihm, als hätte jemand das Licht ausgelöscht.

»Aufstehen, es ist schon spät!« weckte ihn eine aufgeregte Stimme. »Du verpasst deinen Bus.«

Der Junge öffnete die Augen. Ein unbeschreibliches Gefühl der Verlorenheit und des Ungewissen erfasste ihn. Sein Kopf war noch mit dem beschäftigt, was er im Schlaf erlebte. Allmählich gewöhnten sich seine Augen an den Tag. Die Umgebung war ihm vertraut – nach einem kurzen Moment war er gänzlich wach und erkannte sein Zuhause. Es war still, nur ganz leise hörte er durch das leicht geöffnete Fenster liebliches Vogelgezwitscher. Draußen schien die Sonne, deren Strahlen sich ungehindert ihren Weg durch das geöffnete Fenster in das Zimmer bahnten.

Er sah in die Augen seiner Mutter. »Ich hab geträumt, Mami. Wir waren gerade in der Küche, da kam Papi herein und hat mit uns gefrühstückt. Aber dann mussten wir zur Schule.«

Seine Mutter lächelte. »Schon gut. Komm, steh jetzt auf.« Ganz kurz verlor sich ihr Blick im Nirgendwo und sie dachte an ihren Mann. Auch sie hatte heute Nacht seltsamerweise von ihm geträumt. In ihrem Traum saß er auch mit ihnen in der Küche und hatte wieder diesen unwiderstehlichen Blick, mit dem er sie früher immer ansah. Doch sie fing sich gleich wieder, und ihre Erinnerungen zerstieben wie warmer Sommerregen an einer Fensterscheibe. Denn ihr Mann war seit acht Jahren tot.

Im Morgengrauen halten wir den Zipfel eines beglückenden Traums noch einen Augenblick in der Hand, dann zerfällt er zu Staub. Zuweilen kommt es vor, dass Zwei den gleichen Traum träumen. Und niemand weiß, welche Macht das, wovon wir träumen, zu Leben erwecken vermag.

DER IGEL

Es war ein Sternenhimmel wie ein taunasses Spinnennetz. Ich ängstigte mich etwas. Nicht, dass ich von Natur aus ängstlich wäre. Aber in der Nacht darf man ängstlich sein, auch wenn man es sonst nicht ist. In der Nacht sind alle Geräusche lauter, alle Schatten größer, alle Lichter geheimnisvoller, alle Gedanken mächtiger. Bei Tag ist alles nicht so schlimm. Da scheint die Sonne, wenn auch manchmal hinter Wolken — aber sie scheint. Sterne sieht man bei Tag nicht, obwohl sie immer da sind und auch größer sind als die Sonne.

Aber dass ich mich ängstigte, lag nicht daran, dass mich Schatten erschreckten. Ich laufe oft nachts durch die Gegend, und die ist dann voller Schatten. Nein, es waren Geräusche — bedrohliche Geräusche. Wer könnte das sein? Was sucht jemand mitten in der Nacht mitten im Wald? Ich hatte den Gedanken gerade zu Ende gedacht, da wurde ich mir dessen Absurdität bewusst: Immerhin war ich ja auch da. Aber das ist etwas anderes, dachte ich schließlich, immerhin habe ich einen guten Grund. Den muss jemand anders erst einmal liefern! Aber wer könnte es sein?

Es ist sonderbar, aber bei mir können Geräusche Bilder erzeugen. Wenn ich zum Beispiel Musik höre, dann entstehen Bilder in meinem Kopf. Ich muss mich dazu gar nicht anstrengen, sie kommen von alleine. Es sind manchmal Erinnerungen, die ich mit dieser Musik verbinde, zuweilen ist es einfach Phantasie. Die Bilder geben sich Mühe, der Musik zu entsprechen, und sind manchmal bunt, manchmal schwarz und weiß mit etwas Grau. Manchmal sind sie klar und fröhlich, und dann wieder diffus und undurchsichtig, voller kleiner Nebeltröpfchen. Es ist auch schon passiert, dass mich Geräusche erschraken, zum Beispiel wenn ich mit dem Auto fuhr und aus dem Motor komische, ungewöhnliche Töne kamen. Aber richtig Angst hatte ich dabei nicht.

Das Geräusch, das ich jetzt hörte, machte mir aber richtig Angst. Es hörte sich an, als würde jemand festen Schrittes geradewegs auf mich zugehen. Er musste es eilig haben, denn er schnaufte recht schwer. Wenn er jetzt weiter geht, dachte ich, dann stolpert er über mich. Und dann können tausend Dinge passieren. Er könnte sich dabei ein Bein brechen. Oder er könnte mich unglücklich treten und mich dabei verletzen. Oder beides. Es könnte auch sein, dass er genauso ängstlich ist wie ich, es könnte aber auch etwas ganz anderes passieren. Vielleicht fragt er mich dann, was ich hier tue, und ich müsste es ihm dann sagen. Aber eigentlich will ich es für mich behalten.

Also hoffte ich, dass irgend etwas anderes passiert, zum Beispiel dass er sich in Luft auflöst, oder dass ihm einfällt, dass er wieder umkehren muss, weil er etwas sehr wichtiges vergessen hat. Doch die Geräusche, die ich weiter hörte, sagten mir, dass ich wohl vergeblich hoffe. Die Bilder, die in meinem Kopf erzeugt wurden, haben sich ständig verändert. Zuletzt zeichnete sich ein mächtiger, großer, schwarzer Riese ab, der mich gleich einfach zertreten wird.

Zum Glück war ich schon länger unterwegs. Die Augen gewöhnen sich dann an das Dunkel. Das ist etwas sonderbar, denn es ist entweder hell, oder dunkel. Aber je länger man im Dunkeln ist, desto heller erscheint es einem. Darum sah ich die Stelle vor mir ziemlich deutlich, andererseits wieder nicht. Denn ich sah nichts, was zu den Geräuschen passen würde. Vielleicht liegt es am meinen Augen? Augen können schon komisch sein. Nicht nur, dass sie Dunkelheit heller erscheinen lassen können als sie ist, nein, sie können auch etwas erscheinen lassen, das gar nicht da ist, oder umgekehrt. Das ist aber nicht wichtig, denn um die wirklich wichtigen Dinge sehen zu können, braucht man keine Augen. Wirklich wichtige Dinge sieht man mit dem Herzen, hat einmal jemand gesagt. Doch mein Herz befasste sich im Moment mit seiner Hauptbeschäftigung, nämlich dem Schlagen, und es schlug, was die Herzklappen hergaben. Ich hatte irgendwann einmal beschlossen, mit meinen Augen nicht zu reden, sondern nur noch mit meinem Herzen. Aber ich musste mich jetzt trotzdem mit den Augen begnügen.

Sie waren über so viel Vertrauen sehr dankbar, und gaben sich ganz besonders viel Mühe, etwas zu sehen. Und sie haben mich nicht enttäuscht. Ich sah etwas Kleines, so etwas wie ein Knäuel oder einen Ballen. Er bewegte sich und schien recht geschäftig zu sein. So ein kleiner Schelm, dachte ich. Macht einen Radau wie ein Güterzug, dabei ist er ganz klein, so klein, dass man ihn übersehen würde, wenn er keinen Radau machen würde. Dann wäre er fast ein Nichts, zumindest in den Augen mancher Menschen. Ich sah also viel Lärm um nichts.

Nun habe ich schon sehr viel gelernt in meinem Leben. Zuletzt habe ich gelernt, dass wenn man mit einem sehr wichtigen Arbeitsgerät, dem Computer, bestimmte Buchstaben wie *if* oder *for* oder gar *while read line* (und es gibt noch viel mehr davon) so anordnet, wie es sich ein sehr gescheiter Mensch ausgedacht hat, dass dann zur Belohnung für die viele Mühe sonderbare Dinge auf dem Computerbildschirm passieren, die aber wiederum sehr wichtig sind, weil man dafür Geld bekommt. Man nennt es dann Programm. So ein Programm kann sehr viel, und ist deshalb teuer. Je mehr man schreibt, desto mehr kann das Programm, und desto mehr Geld bekommt man dafür. Und Geld ist das Wichtigste überhaupt, sagt man.

Doch ich habe auch noch etwas anderes gelernt. Es heißt, für Geld könne man alles haben, aber das stimmt nicht: Man kann Nahrung kaufen, aber nicht Appetit, Arznei, aber nicht Gesundheit, Kenntnisse, aber nicht Weisheit, Prunk, aber nicht Schönheit, Spaß, aber nicht Freude, Dienstboten, aber nicht Treue, Muße, aber nicht Frieden, Bekannte, aber nicht Freunde. Man kann für Geld immer nur die Hülse haben, nicht aber den Kern.

Vor dieser Zeit habe ich gelernt, dass man aus Zahlen neue Zahlen machen kann, größere, kleinere, oder ähnliche Zahlen. Das nennt man Mathematik. Auch das ist wichtig, weil man Zahlen braucht, um Geld zu zählen, sagt man. Und in der Zeit, als ich meine ersten Zahlen kennen gelernt hatte, lernten wir nebenbei auch etwas über unwichtige Dinge, wie Natur, Pflanzen und Tiere. So kann ich mich entsinnen, dass ich einmal gelernt hatte, dass es da ein sehr unwichtiges Tier gibt, das aussieht wie ein Ballen oder ein Knäuel, und das großen Lärm machen kann. Es ist der Igel.

Der Igel ist in jedem deckungsreichen Gelände, wie Gärten, Parks, Wäldern, Gebüschen, Hecken, in der Ebene und im Gebirge anzutreffen. Mit Dämmerungsbeginn kommt er aus seinem Versteck und trippelt lärmvoll im Unterwuchs auf der Suche nach Fressbarem umher. Ich hatte noch nie zuvor einen Igel richtig gesehen. Jetzt lag er vor mir. Igel haben eine ausgezeichnete Nase, haben wir gelernt, und sie riechen die Gefahr. Offensichtlich roch er sie jetzt auch, und rollte sich zusammen, so dass man ihn für ein einfaches Stachelknäuel halten würde. Ich habe meine Angst ganz vergessen, auch den Grund, warum ich hier war. Ich nahm einen kleinen Stecken, so wie sie dort zuhauf herumlagen, und stupste den Igel sanft an. Er rührte sich nicht. Ich versuchte, ihn mit dem Stecken umzudrehen, aber es schien so, als würde er keinen Anfang und kein Ende haben. Es war eine einzige Kugel.

»Keine Angst, ich tu dir nichts«, sagte ich halblaut, mehr für mich selbst, und erschrak gleich, weil mir meine Stimme lauter vorkam, als ich es erwartete. Es war wirklich sehr still in dieser Nacht. »Versprichst du es?«, fragte eine zaghafte, zittrige Stimme aus dem Gras.

Nun muss man wissen, dass es nicht nur die Augen verstehen, etwas vorzugaukeln, was gar nicht ist. Sie haben in den Ohren harte Konkurrenz. Erst neulich haben sich meine Ohren abgesprochen, mir einen Streich zu spielen. Sie verabredeten einen bestimmten Zeitpunkt, an dem das eine Ohr alles hört, auch das, was eigentlich das andere Ohr normalerweise hören würde. Unterdessen erzeugt das andere Ohr einen ganz hohen Pfeifton. Nach einiger Zeit ist alles wieder vorbei. Die Ohren freuen sich diebisch, weil noch kein Arzt ihnen auf die Schliche gekommen ist, um ihnen das Handwerk zu legen. Bei manchen Menschen erzeugen die Ohren sogar echte Stimmen, so dass man glaubt, jemand würde mit einem reden. Manchmal übertreiben sie es wirklich, die Ohren.

Ich habe irgendwann einmal beschlossen, mit meinen Ohren nicht zu reden. Sollen sie doch Streiche spielen, ich ignoriere sie einfach. Aber jetzt war ich wirklich neugierig, ob es die Ohren waren, die mir einen Streich spielten, oder ob ich tatsächlich eine Stimme aus dem Gras vernahm.
»Was?«, sagte ich erstaunt.

»Versprichst du es?« Die Stimme klang gar nicht mehr so zittrig, eher verärgert und ungeduldig.

»Was soll ich versprechen?«

»Das was du gesagt hast.«

Das Knäuel konnte tatsächlich reden! Das war unlogisch. Weder Knäuel, noch Ballen können reden, und schon gar nicht Igel! Ich habe schon viel gelernt in meinem Leben, unter anderem auch das. Ich fragte also wieder, etwas verdutzt:

»Was habe ich denn gesagt?«

»Na dass du mir nichts tust. Du bist doch ein Mensch, oder?«

»Ich — ja. Ein Mensch.«

Jetzt bewegte sich der Igel. Ich sah, wie er seine kleine, schwarze Nase heraus steckte. Die Augen waren nicht zu sehen, aber ich war davon überzeugt, dass er welche hatte. Igel haben Augen, soviel steht fest. Ich habe schon viel gelernt in meinem Leben, und das wusste ich nun genau. Daher glaubte ich, dass er mich mit diesen für mich durch die Dunkelheit unsichtbaren Augen mustert.

»Du siehst jedenfalls so aus. Ihr seht alle gleich aus.«

»Wieso kannst du reden?« Endlich konnte ich den Gedanken, der meine Sinne gefangen nahm, in Worte kleiden.

»Wieso kannst denn du reden?« entgegnete der Igel.

»Ich bin ein Mensch, wie du schon bemerkt hast. Menschen können das. Menschen sind die einzigen Redner auf dieser Erde.«

»So? Das ist ulkig. Gerade hast du dich vom Gegenteil überzeugt, und trotzdem stellst du diese naive Behauptung auf. Es ist wirklich ulkig, ja.«

Ich schämte mich. Ich habe schon sehr viel gelernt in meinem Leben. Ich musste jahrelang in die Schule gehen, und auch danach musste ich noch viel lernen. Eigentlich lerne ich täglich dazu. Ich habe Mathematik gelernt, und ich habe gelernt Programme zu schreiben. Dazu braucht man viel Logik. Und jetzt kommt ein dahergelaufener Igel, der dazu noch bestimmt jünger ist als ich, und zeigt mir mit einfachen Worten, dass ich etwas sehr Unlogisches gesagt habe.

Er schien es zu bemerken. »Die Mitteilungsfähigkeit des Menschen ist schon gewaltig«, sagte er, »das stimmt. Doch das meiste, was er sagt, ist hohl und falsch. Die Sprache der Tiere ist begrenzt, aber was sie damit zum Ausdruck bringen, ist wichtig und nützlich. Jede kleine Ehrlichkeit ist besser als eine große Lüge.«

»Was machst du hier«? versuchte ich abzulenken.

»Du bist wirklich ulkig. Das hier ist ein Wald — mein Wald. Ich bin hier zu Hause. Was machst du hier bei mir zu Hause?«

»Entschuldige, dass ich bei dir eingedrungen bin, ich wusste nicht, dass hier jemand wohnt«, sagte ich etwas verlegen.

Seine Stimme klang nun etwas versöhnlicher. »Das ist schon in Ordnung. Eigentlich stimmt das nicht ganz. Ich war noch nie hier. Ich kam nur hierher, weil ich mal den Unterschied sehen wollte.«

Es ist unglaublich. Ich sitze mitten in der Nacht im feuchten Gras und unterhalte mich mit einem Igel, als wäre es das Normalste der Welt, dachte ich.

»Welchen Unterschied?« wollte ich wissen.

»Ich weiß nicht wie sie heißen. Sie bewegen sich sehr schnell, sind mit einem Zisch da, und wieder weg. Sie gehen über Leichen. Es sind große Ungeheuer mit leuchtenden Augen. Wenn sie einen ansehen, kann man selbst nichts mehr sehen und ist ihnen auf Gedeih und Verderb ausgeliefert.«

»So etwas habe ich noch nie gesehen. Wo gibt es so etwas?«

»Na überall, überall zischt es. Manchmal heulen sie, oder knurren. Sie sind sehr böse. Ich kenne sie nur vom Erzählen, und man erzählt sich ganz schreckliche Dinge darüber.«

»Wieso konntest du sie nie sehen?«

»Weil mein Instinkt mir jedes mal befiehlt, mich einzurollen. Und eingerollt sehe ich nichts.«

»Und welchen Unterschied wolltest du sehen?«

»Den Unterschied zu den anderen, noch schlimmeren Ungeheuern. Die heulen auch, aber viel lauter. Sie bohren sich durch den Wald, machen einen schrecklichen Lärm und sind viel länger und mächtiger.«

»Und du hast Angst vor ihnen?«

Der Igel entknäuelte sich nun vollständig und richtete sich auf. Jetzt sah ich auch seine kleinen, schwarzen Knopfaugen. Er machte ein sehr ernstes Gesicht und sah ziemlich düster aus.

»Igel haben keine Angst. Igel vertrauen von alters her auf die Wirkung ihrer Stacheln, die sie unangreifbar machen«, sagte er mit fester Stimme.

»Das ist schön, wenn man keine Angst hat. Wir Menschen können uns zwar auch einigeln, aber wir haben dann immer noch Angst. Wir werden mit Dingen konfrontiert, und ziehen uns zurück. Das machen wir dann, wenn wir etwas hören, was uns nicht gefällt. Aber Mut beschränkt sich nicht darauf, keine Angst zu zeigen. Die eigentlichen Mutproben vollziehen sich weit weniger aufsehenerregend. Es sind innere Erprobungen, zum Beispiel Schmerz zu ertragen, wenn kein anderer da ist.«

Ich kam mir sehr wichtig vor, weil ich dem Igel etwas gesagt habe, was ihn nachdenklich gemacht hat. Er schluckte es aber scheinbar herunter, und sah mich kritisch an.

»Was machst du hier?« fragte er.

»Ich bin gelaufen.«

Er musterte mich weiter. Es schien, als würde er auf weitere Erklärungen warten. Darum sagte ich:

»Ich bin gelaufen. Das machen manche Menschen, wenn sie nicht schlafen können, oder wenn sie etwas beschäftigt. Und ich dachte heute, ich laufe einmal in den Wald, bis zu den Gleisen, und warte, bis ein Zug kommt.«

»Was ist das, ein Zug?«

»Na ein Zug eben, der irgend etwas transportiert, Menschen, oder Lastwägen, oder sonstiges Frachtgut. Er ist sehr nützlich, weil er Dinge von einem Ort zum anderen bringt.«

»Ach so. Und was hast du davon, wenn du auf ihn wartest?«

»Ich weiß nicht. Es ist einfach schön, einem Zug nachzuschauen. Es hat etwas Trauriges. Du weißt, er kommt nicht mehr zurück. Er ist weg, und kommt nicht wieder. Ich kann ihm nur nachschauen. Und vielleicht versuche ich irgendwann einmal, ihn anzuhalten.«

»Das verstehe ich nicht. Du schaust gerne einem Zug nach, weil es dich traurig macht. Wenn ich einem von meinen Ungeheuern nachschaue, bin ich froh, dass es weg ist. Es ist nämlich gefährlich. Wenn man sich ihm in den Weg stellt, läuft es einfach über einen drüber.«

»Oh, das ist bei einem Zug auch so. Er überfährt alles, was auf seinem Weg liegt.«

Jetzt begriff ich plötzlich, dass wir von ein und der selben Sache sprachen. »Ich glaube, wir warten beide auf das Gleiche. Das, was du gerne sehen möchtest, ist ein Zug. Er pfeift, ist sehr groß und lang, und macht vor nichts halt.«

»Ein Zug«, wiederholte der Igel, als wollte er sich das Wort einprägen. Ich sagte weiter: »Und das andere, was du gemeint hast, sind Autos. Auch sie transportieren Menschen oder Dinge von einem Ort zum anderen, und sind sehr schnell. Manchmal lassen die Menschen den Motor aufheulen oder sie hupen.«

»Autos«, stammelte der Igel.

»Wir reden beide von derselben Sache. Nur dass sie für dich böse, und für mich gut ist. Du hast Angst davon, und ich nicht.«

Der Igel richtete sich auf, als wollte er seiner kleinen Statur noch ein paar Millimeter dazugeben: »Ich habe keine Angst. Kein Igel hat Angst.«

Ich sah ihn an. Es schien, als starrte er ins Ungewisse. Er stand bis jetzt immer noch aufrecht da, doch nun sank er wieder auf alle Vier.

»Sie haben so viele von uns getötet. Sie sind einfach über uns und zischten weiter. Wahrscheinlich haben sie es gar nicht gemerkt.«

Der Igel war traurig. Ich habe schon sehr viel gelernt in meinem Leben. Aber ich hatte keine Ahnung davon, wie man einen Igel tröstet. Ich konnte ihn nicht einmal streicheln, ohne mich zu verletzen. Und vielleicht wollte er es auch gar nicht.

»Ich würde dich gerne trösten, wenn ich könnte«, versuchte ich ihm mein Problem zu schildern.

Er sagte nichts.

»Es tut mir leid«, sagte ich. »Ich habe auch schon Freunde verloren, und weiß, wie man sich fühlt. Erst kürzlich habe ich einen Freund verloren. Da war ich auch sehr traurig.«

»Im Ernst? Was hast du dann getan?«

»Nun, es hat sehr weh getan. Ich habe geweint, aber erst Tage später.«

»Das verstehe ich nicht. Wenn mir etwas weh tut, dann weine ich gleich, oder ich schreie einfach.«

So so, Igel können also auch schreien, dachte ich.

»Das ist bei Menschen so«, entgegnete ich ihm. »Besonders bei männlichen Menschen kommt es vor. Sie verbergen ihren Schmerz, und zeigen es erst dann, wenn es niemand sehen kann. Manchmal laufen sie dann in den Wald und warten auf den Zug. Er ist so unglaublich laut, dass sie noch so laut schreien könnten, es würde sie niemand hören, nicht einmal sie selbst hören sich.«

Er nickte, als wüsste er genau, was ich meine. Er sagte: »Mit dem Glück sollte man am besten umgehen wie mit einem scheuen Wild. Manchmal taucht es aus dem Wald auf und kommt zu Besuch. Doch zu viel Aufmerksamkeit mag es nicht. Und wenn man ihm nachjagt, läuft es weg. Du hast versucht, ihm nachzujagen.«

Er war sehr weise, der kleine Kerl. Doch wir Menschen sind dafür bekannt, dass wir nicht akzeptieren wollen, dass jemand weiser ist als wir. Wir sind von Natur aus unein sichtig. Deshalb sagte ich freiheraus:

»Das glaube ich nicht. Denn so mancher träumt so lange vom Glück, bis er es schließlich verschläft. Das möchte ich aber auf keinen Fall. Ich mache mir deshalb sogar die Mühe, nachts aufzustehen und in den Wald zu laufen, um es nicht zu verschlafen. Wir Menschen sind sehr egoistisch. Wir suchen das Glück, die Freude, und nicht die Not.«

»Eine Not kann dir mehr nützen als tausend Freuden«, sagte der Igel.

Er lehnte sich gegen eine Wurzel. Ich stellte ihn mir mit Pfeife vor. Er würde noch viel weiser aussehen, als er es ohnehin schon tat. Da fiel mir plötzlich ein, dass ich noch gar nicht wusste, wie er heißt. Also fragte ich:

»Wie heißt du?«

»Ich bin ein Igel, das weißt du doch.«

»Nein, ich meine, ob du einen Namen hast, wie 'Hansi' oder 'Gernot', oder 'Bommel'. Vielleicht hast du sogar einen Spitznamen, und dann dürfen dich nur deine Freunde so nennen, zum Beispiel 'Spitzi', wegen deiner spitzen Stachel.«

»Das ist wirklich ulkig«, entgegnete der Igel. »Wofür soll das gut sein? Ich verstehe das nicht.«

»Na, dann weißt du, dass du gemeint bist, wenn jemand deinen Namen ruft.«

143

»Ja, das wäre schon sehr schön. Am liebsten hätte ich einen Spitznamen, so einen extra für Freunde. Ist das bei euch Menschen so üblich?«

»Natürlich. Ich hatte für meinen Freund auch einen Spitznamen. Das brachte ihn mir irgendwie näher. Er war mir vertrauter, weil er einen Namen hatte, den nur ich kannte. Doch jetzt, wo ich meinen Freund verloren habe, klingt sein Name für mich eher traurig. Ich versuche dann, lieber nicht an ihn zu denken.«

»Welcher Name passt denn zu mir?« fragte ungeduldig der Igel, als hätte er dem, was ich gerade gesagt hatte, gar keine Beachtung geschenkt. Doch dann war es, als würde ihn der Nachhall meiner Worte an der Schulter packen und zurückhalten, denn noch bevor ich etwas sagen konnte, fragte er:

»Was hast du vorhin gesagt? Du versuchst nicht an ihn zu denken? Das verstehe ich nicht.«

»Na ja, erst wenn es zu spät ist, lernen wir, wie wundervoll der Augenblick ist. Wenn ich zu sehr an ihn denke, wird mir bewusst, dass es zu spät, und der Augenblick vergangen ist. Was man in einem Augenblick verloren hat, bringt einem keine Ewigkeit wieder.«

»Dann möchte ich keinen Namen haben. Ich möchte, dass man sich an mich erinnert. Obwohl es wieder so eine Sache ist, die mir entgeht: Du kannst mich nicht trösten, du kannst mich nicht streicheln, und du kannst mich nicht beim Namen rufen«, sagte der Igel etwas resignierend.

»Du bist trotzdem etwas Einzigartiges.«

»Ehrlich? — So wie dein Freund?«

Die unbedachte Bemerkung verlegte mir wie ein umgestürzter Baum den Weg. Ich fühlte mich wie ein Sack voll Kaffeebohnen, den man gerade aufgeschlitzt hat. Jede einzelne Bohne prasselt auf den Boden, und bald ist alles bedeckt.

»Ja, das war er. Er war einzigartig.« Ich hatte plötzlich einen großen Kloß im Hals und konnte nicht weitersprechen.

Der Igel ohne Namen zuckte kurz, wahrscheinlich hat ihn ein Floh oder eine Laus gezwickt, denn Igel tragen ihr Ungeziefer immer bei sich. Ich tat so, als hätte ich es nicht bemerkt, und auch er ließ sich dadurch nicht ablenken, sondern sagte entschlossen:

»Ich glaube, das Schwierige dabei ist, Freundschaft in seinem Leben richtig einzuordnen. Im Gegensatz zur Liebe kann man Freundschaft unbegrenzt wiederbeleben. Im richtigen Boden gedeiht sie immer wieder, doch sie will gehegt und gepflegt werden wie ein seltenes Pflänzchen, das sie ja auch ist. Sie will mit gemeinsamen Erlebnissen gedüngt werden und braucht viel Zeit und Wasser, um zu sprießen und sich zu einem unerschütterlichen Baum zu entwickeln. Mit der Liebe ist das nicht so einfach. Im Grunde ist es bei euch so wie bei uns im Wald.«

»Das verstehe ich nicht«, bediente ich mich seiner Standardantwort, und musste dabei innerlich schmunzeln.

»Nehmen wir zum Beispiel den Hasen. Jeden Morgen erwacht er, und weiß, dass er schneller laufen muss, als der schnellste Fuchs, wenn er am Leben bleiben will. Und jeden Morgen wacht ein Fuchs auf. Er weiß, dass er schneller laufen muss, als der langsamste Hase, wenn er nicht verhungern will.«

»Das verstehe ich nicht«, entgegnete ich ihm, diesmal, weil ich es wirklich nicht verstand.

»Na ja, egal, ob man ein Fuchs oder ein Hase ist: Sobald die Sonne aufgeht, muss man laufen. Ihr Menschen lauft auch ständig. Entweder ihr jagt einer Sache nach, oder ihr lauft vor etwas davon.«

Ich wollte gerade antworten, als wir aus der Ferne ein ungewöhnliches Geräusch vernahmen. Es war der herannahende Zug. Der Igel zuckte wieder zusammen, als wollte er sich schnell zusammenrollen. Doch dann hielt er inne. Er wollte ja den Zug unbedingt sehen. Wenn er sich einigelte, würde er wieder alles verpassen. Er beschloss also, entgegen seinem Instinkt, zuzusehen, wie der Zug vorbeizischt.

Der Zug kam immer näher. Der Lärm breitete sich in der stillen Nacht zu einem ohrenbetäubenden Spektakel aus. Schon konnte man die Lichter sehen.

»Die stechenden Augen!«, rief der Igel, als der die Lichter sah. Er bebte am ganzen Körper. Ich glaube, dass er doch Angst hatte. Aber ich konnte ihn nicht einmal beruhigen, wegen seiner Stachel. Armer Igel, dachte ich.

Der Zug donnerte vorbei. Ich sah ihm nach, und es machte sich

145

wieder dieses Gefühl der Sehnsucht in mir breit, das ich immer hatte, wenn ich einem Zug nachsehen musste. Als mein Blick zu der Stelle glitt, wo vorher der Igel stand, sah ich nur noch ein eingerolltes Knäuel, das seine Nase heraus steckt. Etwas zerknittert räusperte er sich, und murmelte:

»Dem habe ich es aber gegeben. Der lässt sich hier so schnell nicht mehr blicken.«

Ich sagte nichts, denn wir beide wussten, dass er nur seine Angst überspielen wollte. Nachdem er sich erholt hat, sagte er immer noch ein wenig zerknirscht:

»So gefährlich war der Zug gar nicht. Und er war eigentlich weit weg.«

»Ja, er kann nur dort fahren, wo die Gleise sind«, sagte ich, und zeigte mit dem Finger in Richtung Schienen. »Da kommt er nicht heraus. Und er kommt nicht zurück.«

Der Igel machte ein sehr ernsthaftes Gesicht. Es gibt Leute, die glauben, alles wäre vernünftig, was man mit einem ernsthaften Gesicht tut. Aber der Igel war ein sehr ernsthafter Bursche. Er sah in die Richtung, wo der Zug verschwunden war, und sagte:

»Menschen sind wie die Züge, in denen sie sitzen. Sie bewegen sich in ihren festen Bahnen, ziehen stur ihre Lebenskreise und haben es immer eilig. Dabei kann sich ihnen jeder in den Weg stellen — sie nehmen keine Rücksicht auf ihn.«

»Nicht alle Menschen sind so. Ich versuche zumindest, nicht so zu sein. Es ist für mich eine Sache der Geisteshaltung, die Beschaffenheit der Willenskraft, eine Eigenschaft der Phantasie, die Kraft der Gefühle, der Sieg des Mutes über die Ängstlichkeit und der Abenteuerlust über die Bequemlichkeit, die ich auszuleben versuche. Ich bleibe dadurch jung, wenn ich meine Ideale nicht aufgebe. Nur wenn ich meine Begeisterungsfähigkeit verliere, werde ich so, wie die anderen Menschen.«

Mittlerweile hörte man die Vögel singen. Die Dämmerung brach an, und ich merkte, dass wir die ganze Nacht hier verbrachten. Ich vergaß alles: Wie ich hierher kam, warum ich wirklich hier war, und dass ich mich eigentlich mit einem Igel unterhalte.

»Ich bin müde, ich werde nach Hause gehen«, sagte ich.

»Das ist schade. Es war sehr schön, einmal mit einem Menschen zu reden. Du wirst mir fehlen.«

»Aber wir können uns doch wiedersehen!« rief ich aus.

»Das wäre schon möglich. Aber der Wald ist sehr groß, und um hierher zu gelangen musste ich über so einen breiten, harten, glatten Weg, auf dem diese Autos fahren. Das ist sehr gefährlich. Aber ich werde dich nicht vergessen.«

»Ich werde dich auch nicht vergessen. Am besten ich schreibe es nieder, dann vergesse ich es bestimmt nicht.«

»Das verstehe ich nicht.«

Auch dieser Satz wird mir fehlen, dachte ich.

»Manche Menschen schreiben Dinge nieder, die sie beschäftigen. Sie krempeln ihre Seele um, und bringen alles zu Papier. Das tun sie, wenn sie niemand haben, mit dem sie reden können. Nur im Geschriebenen findet man die Möglichkeit, einen zerbrechlichen Gedanken zu untersuchen, ohne dass er zerplatzt, oder eine explosive Idee zu erforschen, ohne befürchten zu müssen, dass sie detoniert. Etwas Geschriebenes ist eine der wenigen Zufluchtsstätten, die dem Geist Privatsphäre und Herausforderung zugleich bieten.«

»Ach so«, sagte der Igel, und ich merkte, dass er nichts davon verstand, was ich eben gesagt habe. Ein kleiner süßer Kerl, dachte ich. Er hat keine Sorgen.

Doch dann dachte ich an die breite Straße, auf der täglich Igel überfahren werden. Ich dachte an die vielen Schnecken und Würmer, die er jeden Tag sammeln musste, wenn er nicht verhungern wollte. Das sind wirkliche Sorgen. Dagegen ist alles, was mich beschäftigt nicht wichtig.

Wir gingen auseinander. Ich dachte daran, dass ich nun wieder einen Freund verloren hatte. Diesmal konnte ich ihn weder küssen, noch umarmen, ich konnte ihm nicht einmal die Hand geben. Das hat mich mehr beschäftigt, als die Tatsache, dass er sprechen konnte, obwohl er nur ein Igel war.

Ich lief wieder nach Hause. Ich lief vorbei an den Bäumen, die sich vor dem Wind verneigten. Es war immer noch sehr still, so still dass mir das Summen eines einzelnen Insekts wie der sonore Klang einer

Cellosaite vorkam. Ich lief über den mit Teppichbrücken aus Wildblumen ausgelegten Waldboden. Da fiel mir ein, dass ich, als ich vor Stunden in den Wald hinein lief, schon ahnte, dass etwas Außergewöhnliches passieren würde.

In manchen Augenblicken nehmen unsere Ahnungen die Zukunft präziser vorweg, als unser gesamtes Wissen die Vergangenheit je rekrutieren kann.

EPILOG

»Ich nahm den Vogel in die hohlen Hände.
Ich konnte sein Gewicht nicht fühlen,
und hätte ich nicht gespürt, wie sein Herz klopfte,
wäre ich nicht imstande gewesen, zu sagen,
ob ich ihn hielt, ja ob er noch lebte.
So geht es uns oft mit einer Erzählung oder Geschichte.
Wir fühlen den Herzschlag, ohne das Gewicht dessen, was wir
lesen, zu spüren.«

Ray Bradbury